FELIPE ROCHA

@tipobilhete

AMORES QUE DEIXEI ESCAPAR

ESCRITO E ILUSTRADO
POR FELIPE ROCHA

Editora Natália Ortega
Produção editorial Esther Ferreira, Jaqueline Lopes, Tâmizi Ribeiro e Renan Oliveira
Revisão João Rodrigues e Letícia Nakamura
Capa Marcus Pallas
Ilustração de capa Shutterstock
Ilustrações de miolo Felipe Rocha
Foto do autor Letícia Cintra

Dados Internacionais de Catalogação na Publicação (CIP)
Angélica Ilacqua CRB-8/7057

R573a Rocha, Felipe
Amores que deixei escapar / Felipe Rocha. — Bauru, SP : Astral Cultural, 2022.
208 p. : il.

ISBN 978-65-5566-231-3

1. Literatura brasileira 2. Poesia infantojuvenil I. Título

22-1856 CDD B869

Índices para catálogo sistemáticos:
1. Literatura brasileira

ASTRAL CULTURAL EDITORA LTDA

BAURU
Avenida Duque de Caxias, 11-70 - 8º andar
Vila Altinópolis
CEP 17012-151
Telefone: (14) 3879-3877

SÃO PAULO
Rua Major Quedinho, 111
Cj. 1910, 19º andar
Centro Histórico
CEP 01050-904
Telefone: (11) 3048-2900

E-mail: contato@astralcultural.com.br

Dedico este livro a você,
que sempre se queixou
sobre o amor quando
percebeu que muitas vezes
ele escapou
entre os seus dedos,
até mesmo quando
tentou fazer de tudo
para segurá-lo.

Viaje por estas páginas
e veja que, às vezes,
precisamos deixar
alguns amores escapar.
Alguns momentaneamente,
outros conscientemente
e outros, os famosos desamores,
permanentemente.

PARA ACOMPANHAR SUA LEITURA

Este livro tem uma playlist especial e também referências a lugares reais que vão fazer com que você mergulhe ainda mais nos textos. É só abrir o QR code abaixo ou o link beacons.ai/amoresquedeixeiescapar e deixar fluir enquanto você absorve toda essa imensidão de sentimentos.

CAPÍTULO 1

AMORES MUNDANOS

O VENTO TRAZ, MAS TAMBÉM LEVA

Era setembro e eu havia acabado de completar 25 anos. A comemoração seria bem longe daqui. A mochila já estava arrumada, mas o coração ainda sentia algumas pontadas. O destino? Sevilha, na Espanha. Fui na contramão da moda de ir a Barcelona e segui para mais um mochilão, me conectando novamente com o que o mundo me proporciona. Grandes catedrais, maravilhas, castelos ou simplesmente um pequeno beco. Se eu pudesse, certamente seria uma daquelas pessoas que não possuem um endereço.

Sempre me protegi em mil camadas, como se fossem uma armadura, escondendo a minha personalidade, sem dar tanta abertura. Mas quem é que aproveita a vida desse jeito? Tratei logo de rever os meus conceitos. Era só o primeiro dia de aventura e, dessa vez, garanti que ninguém ia me segurar.

Dia dois. Chegou o momento de finalmente conhecer o ponto alto até então. Real Alcázar de Sevilha. Sempre achei incrível observar e pensar em como uma construção tão antiga conseguiu resistir até os dias atuais. Em um mundo onde qualquer coisa nos destrói, sobreviver ao tempo parece até alguma lenda de super-herói.

Admirei cada detalhe daquele lugar. A imensidão e a grandiosidade me prendiam a atenção, e só algo maior me tiraria dali, dos encantos daquela magnífica construção.

Andando entre caminhos estreitos ou grandes jardins, fantasiei o encontro com uma princesa, um sonho distante para mim. Sempre tive a vontade de conhecer alguém especial em algum lugar assim, tão surreal, mas, para acompanhar esse nível de beleza do local, talvez só ressurgindo alguma maravilha humana imortal.

Eu quebrei a cara. Tive que engolir as palavras enquanto me aproximava daquela cena incrivelmente iluminada.

Estava encantado, com os meus pequenos olhos correndo pra lá e pra cá. O vento soprava quente e o meu corpo transpirava, molhando toda a minha camisa estampada. De longe, ouvia os sons das castanholas soando no mesmo ritmo de um coração apaixonado.

Entre tantos detalhes banhados a ouro, fui me aproximando ainda mais. E foi entre o brilho intenso de pedras preciosas que me impressionei. O vento seguia forte; o meu coração, cada vez mais fraco. Suando frio e com os olhos arregalados, eu a avistei. Plena, como se tivesse herdado toda a beleza do mundo só para si. Cabelos pretos ao vento e olhos cor de esmeralda que me deixaram atento. Seguia dançando descalça e com lindos movimentos encantadores. Faria até o impossível para reviver aquele instante.

A música parou e eu aplaudi, ainda sem saber explicar tudo aquilo que senti. Ela devolveu as castanholas para uma caixa, vestiu uma sandália de couro, recolheu a sua mochila do chão e partiu.

Parti em seguida, louco para saber mais sobre aquela que eu nem conhecia, mas com quem já fantasiava, imaginando qual seria o lado que ela escolheria para dormirmos na nossa cama.

Cheguei e disse: "Hola, ¿cómo estás? ¡Soy Felipe!". Ela respondeu: "Oi, Felipe! Tudo bem e você?". E com o sorriso mais belo do planeta Terra, disse que viu o livro que eu carregava nas mãos e sabia que "todas as flores que não te enviei" estava escrito em português. Aliás, no papo ela comentou que os seus pais moraram um tempo no Brasil, mas que ela nasceu em Barcelona.

Enquanto andávamos entre jardins e construções antigas, tive um déjà-vu da minha antiga vontade de viver um amor internacional. Rápido demais? Talvez. É difícil se controlar quando conhecemos alguém incrivelmente sem igual.

Conversamos por horas que pareceram minutos. Compartilhamos vontades parecendo convites para um futuro lado a lado. Falei sobre Machu Picchu, Ushuaia e uma cabana na floresta que só por foto me deixava abobalhado, traçando mentalmente um plano de filme encantado.

Mas, o que para mim seria o primeiro passeio de muitos, para ela eram os últimos momentos que estaria em solo espanhol. Em poucas horas, o seu voo para Bruxelas sairia e, longe de mim, para sempre, ela estaria.

Parece piada. Ou talvez, coisa de gente azarada. A saudade antecipada já estava me fazendo desfazer das tantas ilusões que eu mesmo havia criado para viver numa bolha encantada.

Ela puxou uma Polaroid antiga e tirou uma foto nossa. Saí sorrindo, assustadoramente feliz. E ela montou uma careta que fez com que a nossa loucura confirmasse aquela conexão envolvente que tivemos. Ela anotou o seu telefone no verso da nossa foto para mantermos contato, e eu já queria seguir o papo de imediato.

"Você vem?", ela disse. E eu respondi que ficaria na Espanha com o meu coração cheio de saudade e boas memórias. Não sabia em qual rua ou palácio do mundo eu poderia encontrá-la novamente, mas, se não encontrasse, esperaria que ela fizesse uma boa escolha para o seu roteiro de vida.

Falando em boas escolhas, escolhi acompanhá-la até o aeroporto.

Um abraço demorado e apertado, daqueles que a gente entrelaça os dedos entre os cabelos, na nuca, para fazer um pequeno cafuné de adeus. Dei-lhe um beijo na bochecha no meio do abraço. E fui retribuído por outro. Na boca.

De batom borrado e sorriso aberto, fazendo planos rápidos sobre um futuro totalmente incerto. Úrsula se despediu me desejando sorte, mal sabendo que eu já tinha tido toda a sorte do mundo naquele dia. E, por mais que a saudade ainda tente me chamar, sei que Úrsula estará espalhando o seu brilho por vários lugares do mundo, tirando sorrisos e deixando apaixonado até mesmo quem a viu por apenas um segundo.

TENHO APENAS
CINCO MINUTOS,
MAS, POR VOCÊ,
POSSO FICAR
POR CINCO VIDAS.

TEMOS DIAS CONTADOS

Eu ainda não sabia o que seria daquele dia. Ou daquela década. Mas sabia que havia encontrado uma pessoa incrivelmente interessante e que, a partir daquele momento, faria o possível para reviver aquela sensação de encantamento.

O meu voo atrasou e cheguei em Bruxelas numa tarde fria e nublada, sorte que estava com o dia livre e sem hora marcada. Carregava a minha grande mochila nas costas e também a minha típica "fome de beber alguma coisa". Assim que peguei um táxi até o hostel, pedi que o motorista me deixasse logo no início da Rue du Chêne, uma rua de paralelepípedos cercada por alguns prédios da bela arquitetura ao estilo Art Noveau.

Tudo ali chamava a minha atenção, mas o que fez soar alto o meu "alarme de amores" foi um prédio estreito na esquina, com tijolinhos aparentes e várias bicicletas coloridas penduradas em sua fachada. E foi ali, em um bar chamado Poechenellekelder, que decidi fazer a minha primeira pausa.

A casa estava cheia. De pessoas e recordações. E entrei admirada com a decoração. Eram quadros, bonecos, trompetes e itens de coleções. Enquanto os meus olhos corriam pelo salão procurando um lugar para me sentar, um casal correu e pegou a mesa central que haviam acabado de liberar. Tudo bem, pensei, não estou com pressa... e fui logo avistando uma mesinha em um canto discreto, ao lado de barris antigos de cerveja belga e cercada por quadros que retratavam momentos históricos que pareciam ter sido pintados no início do século passado.

Eu lia o cardápio como quem tentava ler um ideograma japonês pela primeira vez na vida. Sem entender, tentei chamar o garçom da casa. Alto e de cabelos ruivos com um pequeno topete, parecia a versão humanizada do Tintin. Chegou, tirou o seu sobretudo marrom e se sentou, agradecendo. Ele não era um garçom, era apenas um morador local procurando um lugar para se sentar.

Viktor se apresentou dizendo que precisava beber alguma coisa enquanto falava sobre a vida, mas, se eu não quisesse conversar, ele beberia em silêncio. Notei que os seus olhos estavam marejando e, como amante de uma boa história, disse: “Sou a Úrsula, pode compartilhar o que você quiser! Não garanto ter a palavra certa para ajudar, mas sou uma boa ouvinte e vou escutá-lo”.

Viktor disse que havia perdido Elize, a sua noiva, em um acidente. Ele estava havia meses sem sair de casa. Apesar do dia frio e cinzento, ele precisava — tentar — aquecer o coração e iluminar a vida novamente. É difícil perder alguém para a morte, principalmente alguém tão cheia de vida. "Elize era luz até em meio à escuridão. E essa mesma escuridão estava me destruindo todo santo dia", disse Viktor.

Enquanto ele falava sobre a grandiosidade do coração de Elize, os seus olhos faziam chover lágrimas que rasgavam o coração de saudades.

Eu nunca havia perdido alguém. Pelo menos, não assim, para sempre. Mas imaginava que a vida precisava seguir. Viktor também me contou que eles haviam planejado por muitos meses uma viagem até a França, mas que agora, talvez, tudo perdesse a graça. O sonho de Elize era conhecer o Mont Saint-Michel.

Dei um longo gole em meu copo, engolindo também o meu choro. Tentando ser forte, mesmo tendo motivos para fraquejar e dormir por dias em posição fetal. Disse a ele que sem graça seria desperdiçar a vida, justamente a vida que foi tirada tão precocemente de Elize. Disse que ele precisava ir à França, mas também ir a todos os lugares do mundo, pois

Elize agora permanecia viva em seu peito. E que de alguma forma isso lhe fazia bem.

Não sou boa com palavras, mas sei que boas atitudes podem salvar até mesmo um coração em pedaços.

Viktor perguntou de onde eu vinha com aquela mochila e para onde eu iria depois dali. Era difícil explicar. Não, explicar que vim da Espanha era fácil, mas para onde eu iria? Eu sentia que precisava me conectar melhor com aquele coração que ficou para trás naquele aeroporto de Sevilha. Mas seria intuição ou apenas mais uma pegadinha do meu próprio coração brincalhão?

Ele me disse que, assim como eu havia lhe dado um conselho, ele daria um para mim. "Quando conheci Elize, foi conexão instantânea e absurdamente única. Vejo em seu olhar o meu olhar de anos atrás, quando a vi pela primeira vez. Encantamento? Sim! Mas quem disse que isso é ruim? Grandes e lindas histórias de amor começam assim. Essa pode ser a sua."

Brindamos, emocionados. Consegui convencê-lo a viajar. E eu? Precisava de mais um tempinho para pensar enquanto esperava que Felipe me telefonasse.

Fui para o hostel descansar enquanto Viktor descia a rua no sentido oposto, decidido a se reinventar.

O tempo passa e muitas vezes nós perdemos grandes oportunidades de dar continuidade a lindas histórias apenas por sentirmos uma grande sensação de fragilidade. Frágil mesmo é a vida, que pode acabar a qualquer momento, levando você sem experimentar o que é viver um lindo sentimento.

ÀS VEZES, ME PEGO
ADMIRANDO VOCÊ
E PENSO:
EU NÃO VOU
SABER SUPERAR
SE ALGUM DIA
VOCÊ ME FALTAR.

CONEXÕES SINCERAS

Passei os últimos meses planejando a viagem. Já estava com as passagens e também com a coragem. Pela primeira vez na vida eu estava com a sensação de que poderia abraçar o mundo. Apesar de o meu nome significar "vitorioso", nos últimos meses, desde que perdi Elize, preferi atuar apenas nos bastidores da minha vida, enquanto no palco principal a tristeza atuava, me deixando exausto.

Eu não sabia qual mala levar para a França. Ou seria melhor uma mochila de cinquenta litros, igual àquela da Úrsula? Sempre gostei de me encher de coisas de que não preciso, mas dessa vez seria diferente, tudo o que preciso já estava carregando no meu coração e na minha mente.

Se um coração partido é capaz de nos levantar para a eterna busca dos sonhos esquecidos, chegou a minha vez de resgatar tudo aquilo que, por pouco, não ficou adormecido.

Como será que está o clima na Normandia? Há tempos que o meu coração convive apenas com o frio. Chega de pensar demais e fazer de menos. Então, arrumei uma mochila e decidi deixar fora dela aquela tristeza que tanto me consumiu e me deixou vazio.

No aeroporto, pedi um café enquanto lia um livro que ganhei de presente da minha querida Elize. Lembrei também de quando a Úrsula me contou sobre um brasileiro que ela conheceu na Espanha, o cara odiava café... que maluco.

Energias recarregadas. Avião partindo.

Olhei no reflexo da janela e, depois de muito tempo, me peguei sorrindo.

Pousamos em Paris e fui logo retirar o carro que aluguei para ir dirigindo até a Normandia e finalmente chegar ao Mont Saint-Michel. No guichê ao meu lado, havia um rapaz se queixando que a sua reserva fora cancelada automaticamente pelo site e que, sem sequer ter sido o culpado, ele ficaria sem o veículo.

Escutando aquilo, agradeci ao atendente e fui dando as costas quando o ouvi dizer: "Me ajudem! Se eu não sair agora daqui, não chegarei a tempo no Mont Saint-Michel, já que a maré vai subir e isolar o monte em uma ilha inacessível".

Cheguei mais perto e me apresentei: "Sou o Viktor! Estou indo para lá agora e estou sozinho. Quer uma carona? Seria ótimo ter um copiloto". Ele me olhou como se tivesse acabado de ganhar na loteria da vida: "Eu sou o Lewis! É claro que eu quero! Vamos, pode guardar esse GPS que eu te guio até lá".

Perguntei ao Lewis como é que ele falava tão bem francês, ele explicou que, apesar de ser oriental e filho de japoneses, nasceu em Versalhes. E ele me perguntou qual era o motivo da viagem, já que os belgas não costumavam turistar tão pertinho da sua terra natal. Pedi licença para abrir o meu coração e contei toda a minha história com a Elize.

Aproveitei também para pedir dicas locais e internacionais. E em meio ao papo fluido, Lewis me contou sobre uma garota por quem ele estava apaixonado. Na verdade, talvez achasse estar. Era um mix de bons sentimentos difícil de explicar.

Sophia era italiana e fez um curso de gastronomia francesa (sim, uma italiana apaixonada por comida francesa), mas Lewis a conheceu na Irlanda, quando foi visitar o The Temple Bar, um pub que existe desde 1840. Inclusive ele me fez anotar essa indicação como um dos meus próximos destinos.

Lewis disse que a conexão com Sophia foi sincera e imediata, o que era imensamente raro hoje em dia. Nós podemos conhecer milhares de pessoas, mas a conexão real é para poucos. O olho no olho é diferente. O toque é diferente. Por mais que a rotina possa ainda parecer igual, percebemos de cara quando conhecemos alguém tão especial.

Enquanto eu dirigia, Lewis falava sobre Sophia, e a cada espiada que eu dava para o lado via os seus olhos brilhando de alegria. “Como você deixou esse amor escapar?”. E ele me contou que Sophia tinha uma constante necessidade de mudança. E que eles saíram algumas vezes quando ela voltou para a França, mas a sua passagem de volta para a Itália já estava em mãos.

Eu disse a ele uma frase que a minha amiga Úrsula tinha me dito meses antes: “Mudar constantemente não quer dizer mudar de companhia. Nós podemos amar e aproveitar a vida. O amor não é uma prisão, então trate de abrir a mente e o coração”.

Lewis sorria enquanto puxava a sua câmera da mochila. Estávamos chegando cada vez mais perto. O pôr do sol parecia uma pintura inexplicável feita por algum artista de talento inestimável.

Ele começou a fotografar e explicar que trabalhava vendendo fotos para bancos de imagens do mundo todo e que aquelas imagens do Mont Saint-Michel seriam usadas por um cliente em seu livro sobre a história da Normandia. As extras ele venderia.

Não conseguiríamos jantar juntos, já que Lewis trabalharia até tarde. Mas, em pouco mais de quatro horas de viagem, a conexão que tive com aquele homem foi como a de um irmão. E queria vê-lo feliz. Nunca fui bom de conselhos, mas sabia que ele precisava agir. Eu o convenci a telefonar para Sophia naquele mesmo momento, ali mesmo, no estacionamento. O telefone estava sem sinal, mas ouvi o áudio sem jeito que ele mandou: "Sophia, sou eu! Estamos há meses sem notícias um do outro, mas... sinto a sua falta! Como você estará na próxima semana? Pensei em conhecer o Coliseu e também todos aqueles lugares onde você me contou que cresceu. Preciso da sua companhia. Preciso te ver. Preciso de você. Preciso de nós. Mais uma vez".

Eu me despedi com um abraço apertado em meu novo irmão mundano, tendo a certeza de que todos precisamos dar uma segunda chance para alguém que nunca nos fez mal, muito pelo contrário. Porque, às vezes, são apenas os desencontros da vida.

Conexões sinceras são aquelas que nos deixam com o coração aquecido e o olhar sereno, trazendo a lucidez de que o mundo é grande demais para vivermos amores tão pequenos.

EM SEUS BRAÇOS,
SEMPRE ENCONTREI
TODA A PAZ
QUE O MUNDO
NUNCA ME OFERECEU.

CONSTÂNCIA

Acredite se quiser, mas uma vez o meu celular caiu dentro de uma fritadeira elétrica. Pois é, perda total. Mas isso fica entre nós, pois, para uma jovem chef da gastronomia, essa história pegaria muito mal.

Hoje seria o centésimo aniversário do meu avô Richard, que viveu noventa e nove anos e sempre dizia que cem era demais. Contador de histórias reais, levou uma vida intensa. Na década de 1940, ele esteve na Batalha da Normandia e sempre contava para todos que ele foi o responsável pela retomada de Paris. Aliás, suas histórias sobre o mundo eram tão ricas em detalhes e momentos insanos que isso me influencia até hoje em meus roteiros mundanos.

Revirando o baú do vovô, notei que as suas fotos antigas dos anos 1940 estavam se deteriorando pelo tempo. Tive até de pesquisar algumas anotações nos versos para ver alguma outra versão das imagens, já que as originais estavam em péssimas condições.

Em uma de minhas pesquisas, vi que o fotógrafo viajante com o perfil @sansGPS havia tirado várias fotos de toda aquela região seis meses antes. Esse perfil, Sans GPS, tem uma tradução em francês que me fez lembrar de um querido conhecido que era um GPS humano como nunca vi igual... Certa vez, ele foi ao Nepal e conseguiu se encontrar como se lá fosse a sua terra natal. Essa é uma habilidade surreal.

Uma das fotos do seu acervo retratava uma das histórias do meu avô. Era o Mont Saint-Michel, poderoso, como quem foi construído para não ser dominado por ninguém. Comprei a foto e tive problemas no recebimento, parecia um alerta do meu avô, que não era fã de tecnologia e dessas coisas fora do seu tempo. O site me encaminhou o número do fotógrafo e, quando telefonei, reconheci de cara aquela voz potente. Era Lewis, trazendo lembranças tão nítidas que ele parecia estar novamente na minha frente.

"Oi, Sophia! Que sorte a minha falar contigo graças àquele site malfeito." E eu, meio sem jeito, respondi com certo aperto no peito. Não por alguma fragilidade, era apenas saudade disfarçada de ansiedade. Lewis, de prontidão, resolveu o meu problema e também agradeceu a indicação daquele roteiro tão incrível que o tinha feito tirar aquelas fotos magníficas. Disse também que entendeu um pouco sobre a tal mudança constante que eu tanto pregava, que conheceu um camarada que aprendeu sobre isso com uma garota desencanada.

Falamos pouco, já que ambos estávamos com o dia corrido. Ao fim da ligação, Lewis perguntou se eu havia ouvido o áudio que ele enviara meses antes, mas foi logo gaguejando e mudando de assunto quando percebeu que aquele meu número era diferente do antigo. Percebi a mudança de tom e pedi que ele me mandasse novamente, já que dele eu só poderia esperar algo bom.

Um. Dois. Três. Três dias se passaram e o Lewis sumiu outra vez. Às vezes, eu gostaria que ele fosse tão aventureiro no amor como é na vida, para acabar não se tornando apenas uma promessa esquecida.

O meu avô sempre falava sobre viver com constância, tanto que na infância eu pensava que esse era o nome da minha avó, sua esposa, que eu nunca conheci. Mas não, ele se referia a ser constante. Na vida, no amor, no trabalho, nas tarefas e até mesmo no lazer. Constância.

Nunca levei esse conselho adiante, pois pensava que nada mudaria se eu virasse uma pessoa constante da noite para o dia.

Ao deitar, olhei para o meu mural de fotos. Paris. Dublin. The Temple Bar... Lewis. Normandia. Vovô. Parecia que tudo ali se encaixava de uma forma ou de outra. A única coisa faltante era a tal da constância. Decidi deixar pra lá a minha implicância e enxergar tudo isso como sinais de relevância.

Peguei o celular e liguei para Lewis. Já era mais de meia-noite, mas quem se importa com as horas quando se está tomando uma atitude para passar o resto da vida com alguém que nunca deixou você dividida.

"Alô, desculpe o horário, mas precisamos nos ver. Você vem ou eu vou? Preciso ver você. Mas dessa vez será pra valer." Ele topou. Enquanto conversávamos, parecia que eu havia tirado o peso de um caminhão de concreto das costas. Lewis também estava mais leve depois de confessar o conteúdo do seu áudio e dizer que devia ter ouvido os conselhos do meu avô e ter me enviado cartas. Cartas, segundo ele, eram infalíveis.

Aeroporto Internazionale Leonardo da Vinci. Oito e meia da manhã. Enquanto o voo de Lewis pousava, meu coração saltava pela boca de tanta saudade. E dessa vez era amor e certeza, diferente de todas as vezes em que foi apenas intensidade com toques de incerteza. Eu me permiti. E ainda mesmo sem avistá-lo era como viver uma amostra grátis de um dos mais lindos sentimentos que senti.

Depois de um longo abraço apertado, fomos até o Oppio Caffè, onde estrategicamente reservei uma mesa para que Lewis pudesse apreciar uma deliciosa cioccolata calda com a vista de uma das sete maravilhas do mundo: eu. Digo, o Coliseu. Era inverno. E eu só sabia ficar agarrada nos ombros daquele homem que me olhava com um sorriso que poderia ser facilmente traduzido como juras de amor eterno.

Contei ao Lewis que estava pensando em me mudar para a Irlanda e que precisava da ajuda dele. Mas não para a mudança. Precisava dele para a vida. E eu não queria que aquele reencontro terminasse em mais uma despedida.

A minha resposta veio com o beijo mais sincero que já tinha recebido. Parecia que, dali em diante, todas as minhas histórias de antigos desamores seriam esquecidas.

Semanas após o nosso encontro, finalmente iríamos voar para a Irlanda. Reservei a poltrona da janela para Lewis tirar algumas fotos e, tentando a sorte, reservei a do corredor para mim. Sempre usei essa tática maluca para tentar ficar com a poltrona do meio livre e ter mais espaço e, enfim, dormir sem um desconhecido colado em mim.

Na última chamada para a partida, entrou no avião um homem com uma mochila do meu tamanho. E olha que não sou tão baixa. Esbaforido, veio em nossa direção sinalizando que sentaria entre a gente. Droga, o meu plano tinha caído por terra.

Ao ver Lewis fotografando as nuvens, Liam, um jovem inglês com um black power estilosíssimo, perguntou qual era o modelo da câmera e comentou que talvez ele fosse precisar de algo mais potente. Era aficionado por tecnologia e turismo, e havia decidido tirar um ano sabático para viajar pelo mundo, mais especificamente pelas sete maravilhas do mundo moderno. Como um grande turista metido, Lewis passou logo a mostrar as fotos que havia feito no grande Coliseu.

Liam comentou que, depois da Irlanda, local em que faria a sua última reunião de negócios da startup que ele havia vendido, sairia rumo às belezas do mundo. Estava especialmente ansioso para ir à

América do Sul, destino indicado por uma garota hispânica de estilo hippie que ele havia conhecido em um voo da Espanha para a Bélgica. Disse também que a garota falava daqueles lugares com tanta propriedade que o havia convencido a ir. Aliás, ela também deveria estar encantada, já que não conhecia os lugares, apenas reproduzia tudo aquilo com os brilhos dos olhos de outrem, um brasileiro que ela disse ter conhecido em Sevilha.

Falamos rapidamente sobre nossos planos, e Liam, sempre sorrindo, disse que esperava encontrar o que tínhamos em algum dos bilhões de corações espalhados pelo mundo. Ele nos deu um abraço apertado e seguiu, com a sua mochila cheia e o coração vazio, esperando ser surpreendido pelo mundo, sem pensar demais, apenas mergulhando profundamente à espera de um amor genuinamente benevolente.

Quando o avião pousou, automaticamente, a nossa nova vida se iniciou. Sabíamos que a partir dali seríamos nós três. Não, o Liam não. Nós três: Sophia, Lewis e constância. Finalmente eu havia aprendido que no amor é preciso muita entrega para se ter abundância.

A PACIÊNCIA É A MAIOR
DEMONSTRAÇÃO DE AMOR
QUE ALGUÉM PODE NOS DAR.
NINGUÉM TEM PACIÊNCIA
COM AQUILO QUE NÃO QUER.

A ARTE DO ACASO

Assim que pousamos em Dublin, corri para não perder a conexão para Galway, cidade onde aconteceria a reunião. A mochila agilizava o meu transporte, mas ela tinha tantos bolsos que diversas vezes perdi o meu passaporte.

Chegando em Galway, fui direto para a reunião com a cabeça distante, com pressa para tirar um tempo de paz de toda a burocracia desse meio. Aliás, aquela foi mais uma reunião que poderia ter sido um e-mail.

Sempre fiquei hospedado nos lugares maravilhosos que o dinheiro podia pagar. Mas, mesmo com tanta mordomia e bela decoração, toda noite o sentimento de angústia tomava conta do meu coração. Como pode um mundo tão grande não ter espaço para se criar uma real conexão?

Aprendi com aquela tal garota da Espanha sobre como era enriquecedor descer um pouco do pedestal em que a minha carreira havia me colocado para aproveitar a vida no mesmo nível de felicidade dos demais, sem me poupar dos lindos acasos que a vida nos traz.

Ah, agora me recordo do nome dela, é Úrsula! Ela me fez entender que descer do pedestal não era perder. E que eu perdia muito mais vivendo sozinho em meu mundinho, criando aplicativos para vender para as grandes empresas, enquanto à noite me deitava forçando um grande sorriso que maquiava e cobria a minha tristeza.

Eu me neguei a ficar no hotel onde aconteceu a reunião. Chique demais... Em algumas manhãs eu ia querer apenas, sei lá, descer de pijama para comer um pão, mas, naquele lugar, sempre me via engravatado, bebendo algum café ruim para correr para mais alguma reunião. Chega disso. Peguei a minha mochila e fui para outra direção. Em minha caminhada, avistei de longe, na esquina, uma casinha elegante com rochas em sua estrutura, tinha dois andares e era maravilhosamente bela. Era o Galway City Hostel, lindo por fora e confortável por dentro. E o melhor, com café da manhã incluso!

"Meu nome é Liam e vou ficar por dois dias", respondi ao simpático atendente brasileiro. Ele puxava papo para saber o que eu fazia e aonde iria sem aquela típica cordialidade enferrujada, apenas com interesse genuíno de quem quer ser um grande camarada.

Talles, na realidade, estava trocando trabalho por estadia. Ele também estava em um ano sabático e me disse que eu tinha feito a melhor escolha. "É por ali", ele apontou para uma sala aberta. Ele me explicou que aquela era a sala de cultura, mas que não tinha livros ou coisas do tipo. Ali, você precisava aprender a ler outras pessoas, por onde, diariamente, passava uma riqueza em cultura abundante. Havia asiáticos, europeus, latinos e também africanos. Ele lamentou, com veemência além do normal, eu ter perdido a passagem de um viajante baiano que fazia dupla para tocar música brasileira com um outro mochileiro pernambucano. Não entendi, mas segui, curioso. O nível cultural ali presente era difícil de mensurar, eu só queria me sentar para conversar.

Ao conversar com Miguel, um escritor mexicano, aprendi sobre gastronomia e preparos veganos. Já com Ji-Hye aprendi sobre doramas coreanos. E Núbia me ensinou um pouco sobre o Antigo Egito. Mas foi em um momento de distração que, num só olhar, aprendi mais sobre a beleza humana do que qualquer pessoa do mundo podia me contar.

Avistei ao lado da janela uma garota pintando uma tela com aquarela. Magnífica como uma pintura de Van Gogh, com belos lábios e olhos que pareciam ter saído de um conto antigo de Cleópatra. Pequena, mas imponente, como aquelas pessoas que só de olhar nos passam um ar inteligente. Se existe amor à primeira vista eu não sei, mas não quero dar asas ao azar e deixar essa garota de mechas esverdeadas partir sem que eu possa me apresentar.

Voltei à recepção para tomar um pouco de chá e uma dose de coragem. Perguntei ao Talles e ele disse que a garota era Manuela, que havia acabado de voltar da Holanda. Quis saber de onde ela era e ele me explicou que a regra era que eu tinha que descobrir sozinho, porque ali não tinha nenhum tipo de passarinho para ficar compartilhando segredos.

Chá. Coragem. Tô pronto. Hora de ir direto ao ponto.

Cheguei todo sem jeito, tropeçando e torcendo para que ela não tivesse visto essa cena de filme de comédia. Eu me apresentei com um sorriso que eu mesmo não reconhecia. Dessa vez, depois de tanto tempo, eu não estava forçando alegria. Recepção calorosa e papo gostoso, tem razão o Brasil ser famoso pela simpatia de seu povo.

Manuela estava em um intercâmbio para finalizar o seu curso de Artes. E ela exalava arte até em seus poros. Sua pele morena era arte. Seu cabelo era arte. Seu sorriso era arte. Enfim, você já entendeu. Se não entendeu, eu poderia até escrever um livro sobre ela que ainda assim não conseguiria descrever aquela perfeição criada pelo capricho de Deus.

Contei a ela os meus planos e, para ser gentil e esperto, convidei-a para que viesse comigo, mesmo já sabendo a resposta. Ela negou, mas quis fazer uma contraproposta. Disse que gostaria de saber os detalhes de todos os cantos deste mundo sem fim para me conhecer melhor e que, talvez, isso pudesse fazê-la se conectar mais a mim. E foi assim, ela lá e eu aqui, nunca sabendo onde era exatamente o aqui, já que mudanças constantes tomaram conta da minha vida.

Manuela surgiu como luz em meio a toda a minha escuridão, iluminando cada detalhe sombrio do meu coração. "Um ano passa rápido", ela disse, me dando um abraço tão forte como quem gostaria que eu nunca ficasse sem sorte.

E não fiquei. Manuela esteve comigo em ligações remotas, mensagens de texto e no meu pensamento, pois era humanamente impossível me esquecer de alguém com tamanho talento e encantamento. E a cada novo lugar desbravado ou nova foto tirada, eu sabia exatamente onde o meu coração gostaria de fazer morada.

TE OLHEi
E PENSEi:
TOMARA
QUE SEjA
PARA SEMPRE.

O AMOR É MÁGICO

Ainda preciso aprender a limpar a unha sem estragar o esmalte. Sempre acabo sujando os meus dedos ao pintar um quadro, mas faz parte. Como Liam me dizia, é arte.

Às vezes, os dias passam rápido demais, mas cada segundo leva uma eternidade quando esperamos nos reencontrar com pessoas especiais. E vivi a eternidade dentro de um ano inteiro. Os mais de trinta e um milhões de segundos daquele ano pareceram ser mais de um bilhão. E cada mensagem ou ligação só aumentavam minha paixão e conexão.

Sempre acreditei que o amor tem muito a ver com intuição. Você pode até tentar escolher entre o sim e o não, mas, na verdade, quando é pra ser, não há força no mundo que contrarie um coração.

A intuição do Liam gritou bem alto em seu ouvido. E agradeço por ele ter escutado e agido. No começo, senti como se ele fosse um antigo amigo, mas agora o enxergo como um abrigo onde posso me proteger de qualquer perigo. Aliás, hoje recebi um convite para acompanhá-lo no seu último destino. A dica era: um mundo antigo.

Meu irmão Felipe sempre foi ligado em história e já começou a fantasiar para onde eu iria e que eu receberia um pedido de casamento em meio a algum antigo monumento. É, ele é pura emoção... Uma vez, conheceu uma garota em Sevilha que roubou toda a sua atenção. Ele me disse que chegou até a falar com ela sobre Machu Picchu, mas que "liberaria o destino" para fazer o bem para o meu coração.

Ah, Felipe ainda não foi para lá, na verdade; ainda espera o dia em que possa visitar o local com a tal garota. Mas ele teve o azar de perder o telefone dela, anotado no verso de uma Polaroid, mas acabou borrado quando ele molhou a carteira numa chuva passageira. Por inúmeras vezes eu já o tinha visto agir pela emoção, mas, como era um cara de exatas, Felipe tentou até recriar o número da garota. No entanto, cada mensagem para alguma pessoa aleatória no WhatsApp o desanimava um pouco mais.

Após uma passagem pela Holanda, mais especificamente Amsterdã, conheci o Van Gogh Museum e multipliquei o meu amor pela arte. Vi muita gente chorar e tive noção de como a arte pode nos tocar. Quando voltei para o Brasil, senti que precisava me organizar para começar a trazer toda aquela experiência para cá.

Por onde Liam passava, me enviava fotos de museus e exposições artísticas de pessoas incríveis e, para minha sorte, ainda vivas. Entrei em contato com vários artistas e comecei trazendo um talento italiano para expor no Museu Cais do Sertão, em Recife. Depois, foi só ladeira acima! O nível de cada artista era absurdo. Eram exposições de pinturas, esculturas e também eventos de canto; cada um deixava o público em um incansável e doce encanto.

Entre uma exposição e outra eu descansava, criava e também me via intensamente apaixonada. Contava os dias para ver Liam. Numa tarde o meu telefone notificou uma nova mensagem. Era ele, com as passagens para o Peru, confirmando a nossa viagem.

Felipe dizia "eu sabia" e gritava de alegria, assim como quando o vi terminar a faculdade de engenharia. Era um mix de felicidade e ousadia ao dizer que a irmãzinha finalmente desencalharia.

Fui convencida por Liam e meu irmão de que a melhor forma de viagem era com a famosa mochila. Peguei emprestada uma bem grande do Felipe, cheia de broches de países europeus do mochilão que ele havia feito no aniversário de vinte e cinco anos. Aliás, foi nessa viagem que ele conheceu a tal garota. Lembro até hoje das reações que ele teve ao me ligar, com o coração saltando pela boca. E agora que eu sinto o mesmo, percebo que o amor é realmente um remédio, não um placebo.

Foi fantástico conhecer uma das sete maravilhas do mundo moderno. Mais fantástico ainda foi ver naquela vista magnífica o homem que eu amo se ajoelhar e perguntar se eu queria me casar com ele. Eu disse sim, sem hesitar. E todas as nossas fotos saíram com uma lhama de fundo que por pouco não pegamos para adotar. Ela tinha até nome, Juanita, a que era tão bonita.

Aproveitamos cada detalhe daquele mundo mágico com a certeza de que escolhemos muito bem o momento certo de nos entregarmos. Aliás, mágico mesmo é se permitir amar, de um jeito leve e gostoso, tendo a sensação de que nunca irá se cansar de ver os mesmos olhos pequenos de sono ao acordar.

PARA MIM,
VOCÊ É A INSPIRAÇÃO
PARA TODOS OS TIPOS
DE OBRAS DE ARTE
FEITOS COM O CORAÇÃO.

UM BELO ACASO

Conheci incontáveis lugares, pessoas e culturas. Mas senti que precisava descansar. A cada nova pessoa que eu conhecia, sentia que o meu melhor lugar foi estar aninhada no peito daquele que penso há muito tempo em reencontrar para me entregar. Por que será que ele não me ligou? Será que aconteceu alguma coisa ou ele apenas desencanou?

Aeroportos vivenciam mais histórias reais de amor do que cerimônias de casamentos. E eu sinto, do fundo do meu coração gitano, que o que tive com Felipe foi real. Pena que não era o nosso momento.

Certa vez, li um livro que dizia que o universo fazia de tudo para que o que é nosso voltasse até as nossas mãos. Confesso que acreditei. No fundo do meu coração cansado sempre existiu uma esperança de que as nossas promessas de Sevilha aconteceriam algum dia.

Sabe quando você fala brincando com um tom de verdade? Pois bem, disse a ele que só me entregaria a algo real. E fui correspondida com aqueles olhos brilhando e exalando a mais pura espontaneidade. Era o mesmo brilho que eu via nos olhos do Viktor quando ele me falava sobre Elize. O mesmo brilho que vi nos olhos de um inglês que se sentou ao meu lado logo após eu me despedir do Felipe em Sevilha; enquanto os meus olhos brilhavam de lágrimas que não queriam sentir a saudade, o inglês chorava de alegria por conseguir a venda tão almejada de seu negócio

Eu via as pessoas demonstrando sentimentos reais sempre de algum jeito notório, mas também simplório. Foi quando aprendi que o amor é isso; e o resto, todo o resto, é falatório.

Passei anos esperando uma ligação que nunca aconteceu. Respirei fundo e decidi deixar que o universo me encaminhasse o que era merecidamente meu.

Segui a minha vida. Mas, de alguma forma, as lembranças do curto tempo com o possível amor da minha vida e a sua terra natal, onde morei por um tempo na infância, ainda me faziam perder algumas horas do dia pesquisando sobre a imensidão de maravilhas que é o Brasil. Em uma das pesquisas, lembrei que Felipe me disse que lá existiam lugares onde o lixo era descartado sem nenhum cuidado. Sabe quando uma lâmpada acende em cima da nossa cabeça? Foi o que aconteceu.

Sempre morri de amores por esculturas e peças artísticas criadas com o intuito de dizer muito com tão pouco. Comecei a fazer uma. Duas. Dez. Cem. Dentro de um ano, criei um acervo que retratava lugares e pessoas que conheci e mensagens positivas sobre coisas que senti.

Criei um perfil nas redes sociais e o meu trabalho foi se destacando cada vez mais dentro das causas ambientais. Ser reconhecida era incrível, mas ser reconhecida e influenciar pessoas por estar fazendo algo genuinamente importante era surreal.

Ganhar muitos seguidores nunca me encheu os olhos, mas saber que essas pessoas poderiam ser tocadas para mudar um pouco desse mundo tão grande era algo que me fazia feliz. Sempre dediquei muitas artes ao meu querido Brasil, terra dos meus pais e do meu querido e muito lembrado Felipe.

Quanto mais o meu trabalho se destacava, mais visível a causa ficava. E foi em um domingo à noite, em meu novo lar, em Barcelona, que recebi uma ligação inusitada. Pelo sotaque em "portunhol" imaginei ser alguém do Brasil e respondi dizendo: "Oi! Pode falar em português que eu entendo! Sou a Úrsula, tudo bem? Como posso te ajudar?!".

Manuela respondeu animada e um pouco envergonhada por não saber o horário em que me ligava. Eram sete da noite no Brasil, mas na Espanha já eram onze. "Tudo bem, se é para falar do meu trabalho, vamos lá, nenhum horário vai atrapalhar", e ela me explicou que havia visto inúmeras fotos e notícias daqui sobre as minhas peças e me perguntou se eu teria interesse em participar de uma exposição no Brasil.

Enquanto ela falava animada, eu já abria o notebook para comprar as minhas passagens e pesquisava como é que eu faria o transporte das peças. Por fim, ela me explicou que tudo seria custeado por uma fundação do próprio governo.

ÓBVIO QUE ACEITEI

Os seis meses seguintes foram de total ansiedade. Pareceu ter passado uma eternidade até chegar o dia de minha ida. Enquanto conversávamos sobre os preparativos para a minha chegada, Manuela disse que estava tudo certo e que alguém me buscaria no aeroporto de Guarulhos na hora marcada. Também me perguntou o meu sobrenome, para a plaquinha de identificação. (Disse a ela que esse era o meu sonho desde menininha, mas cresci viajando sozinha.)

A ida para o Brasil aguçou minha intuição. Só de falar com Manuela já sentia o coração apontando para seguir esse caminho, que seria a melhor escolha que eu faria.

O avião estava para pousar e mais uma vez eu iria me aventurar. O que será que eu poderia esperar? Ou reencontrar? A ansiedade tomava conta de todo o meu corpo e me fazia tremer as mãos enquanto o meu coração batia mais forte. Tudo certo, pés de volta ao chão. Chegou a hora de procurar o meu nome na placa do tal cidadão.

O MUNDO FICA MAIS LINDO
QUANDO PARAM PARA
NOS ESCUTAR.
E MAIS LINDO QUANDO
QUEM ESCUTA É
A PESSOA QUE
SIGNIFICA O MUNDO
PARA NÓS.

SALA DE DESEMBARQUE

"Senhorita Reyes, é sério? Preciso mesmo levar essa plaquinha?", perguntei à Manuela. Eu não entendia como é que ela pôde me fazer de chofer da tal artista internacional. Ela me metia em cada enrascada, estava apostando que seria mais uma furada.

Fui para o aeroporto na certeza de que encararia mais uma cilada. Começando pelo congestionamento, que estava me atrapalhando. Até falei para a Manu avisar à "Senhorita Reyes" que o seu motorista iria atrasar.

Liguei o rádio do carro para ouvir algo legal a fim de me distrair, estava tocando "Viento del Arena", dos Gipsy Kings. Essa música era especialmente nostálgica, já que me remetia diretamente a Sevilha. Mais especificamente ao Real Alcázar, cuja simples lembrança faz o meu peito se encher de saudade de ver a dona do meu coração dançar.

Há tempos eu não visitava um aeroporto, considerando que agora vivo enfiado em trabalhos que me sugam toda a minha energia. Tem dias, inclusive, que não consigo sequer espiar a janela para ver a luz do sol.

Chegando à sala de desembarque, as minhas mensagens para a Manu pararam de ser entregues. Droga. Como será essa tal senhorita Reyes? Muitos rostos começaram a sair pelo portão e estranhamente comecei a sentir uma antiga sensação. É difícil explicar... a brisa que soprava daquele portão me trouxe um aroma que eu já havia sentido em outra ocasião. Foi nessa hora que olhei em uma exata direção.

Eu não acreditava. Derrubei a placa junto ao meu queixo. Desnorteado. Nocauteado. Encantado. Mais uma vez.

Corri até ela como quem está atrasado para pegar um trem de sentimentos que só passa uma vez nos trilhos da vida. Conforme fui me aproximando, o seu sorriso se abriu e me iluminou. Que abraço gostoso. Quanta saudade.

Eu realmente não acreditava! "Úrsula, o que você está fazendo aqui?". E, antes mesmo de ela responder, já me desculpei. "Perdi parte do seu telefone enquanto voltava para o hostel. Depois de te deixar no aeroporto, tomei uma chuva de verão que foi bem rápida, mas levou o que eu carregava de mais precioso."

Ela me respondeu sem falar uma palavra. Só me abraçou forte. E então disse: "Que bom que você está aqui. Esta é a melhor surpresa que já recebi. Mas... o que é que você está fazendo aqui?".

Tinha até esquecido a minha missão, voltei alguns passos atrás para pegar a placa que tinha ficado caída pelo chão. Quando viu a placa, ela arregalou os olhos, que logo se encheram de lágrimas. Abriu um sorriso bobo e olhou para os céus, chorando de alegria, como se em agradecimento ao universo por alguma bênção provida naquele dia.

"Não acredito! Teu sobrenome é Reyes? Como é que foi que me apaixonei por alguém da família real sem saber? E como é que você conheceu a minha irmã Manuela?". Meu Deus, quantas perguntas!

Mais uma vez estávamos escrevendo um pequeno pedaço da nossa história em um aeroporto. Agora, eu esperava, sem despedidas. Úrsula mal havia chegado e eu já tinha certeza de que não poderia existir mais uma partida.

No caminho para São Paulo, ela me contou um pouco sobre a vida que levou nos últimos anos, também me explicou como o nosso encontro a influenciou em diversos momentos. Pensei até em propor que ficássemos juntos, mas muitas coisas não precisam ser ditas, apenas sentidas. Sabe aquela sensação de estar feliz na certeza de que tudo estava no seu devido lugar? Pois bem, os nossos olhares confirmavam que aquilo que tínhamos juntos não era nada parecido com o que tivemos com outras pessoas anteriormente.

Deixei Úrsula no hotel em que Manuela já estava à sua espera. Vi de longe ela dar um abraço apertado na Manu e fazer gestos de gratidão. Elas estavam preparando tudo para que o primeiro dia não tivesse falhas. Mas, para mim, só a presença daquela mulher magnífica já deixava o dia perfeito.

A exposição foi um sucesso. Intitulada como "Do lixo ao luxo", teve todas as sessões esgotadas por semanas no MASP. E eu estive por lá todos os dias. Trabalhei na produção, organização, limpeza, criação, em tudo. Mas eu só queria poder participar da vida de quem pedi por muito tempo para ser o amor da minha vida. Sabia que de alguma forma a minha prece havia sido atendida. Ver Úrsula brilhando era como um sonho. Todos os dias saímos para caminhar pela Avenida Paulista depois do evento. Sem rumo mesmo, eu só queria estar com ela.

Ela carregava tanto aprendizado que eu ficava espantado. Em um dos dias, confessei que quase perdi as esperanças, que quase me rendi a aceitar que a tinha perdido. Então, ela comentou que conheceu um cara na Bélgica, logo depois de me conhecer, que era a cara do Tintin (ela sabe que eu adoro os quadrinhos), e que esse homem tinha perdido o seu amor, só que de verdade. O que houve entre nós foi diferente... foi apenas um desencontro. Portanto, não sabia o que era perder, aliás, nem ela... mas ela conseguiu ver a dor nos olhos daquele que só queria poder ver o seu amor mais uma vez e nunca poderia fazê-lo. Aquilo era dor. O resto era suportável.

Úrsula era um pouco "palestrinha", sempre com mil e uma lições sobre coisas que ela havia passado. Mas aquilo me edificava tanto, que eu sempre a admirava com um pouco mais de encanto.

Planejamos viajar juntos assim que a exposição chegasse ao fim. Eu estava fielmente comprometido a não desgrudar nunca mais daquele mulherão. Fosse no Brasil ou no Japão, eu estaria com ela e não abriria mão.

Ela me contou que sempre ficou curiosa para saber sobre a tal cabana que eu havia salvado nos meus favoritos. É incrível como às vezes falamos coisas rápidas e sem tantos detalhes e, ainda assim, alguém presta atenção. Todo esse cuidado me ganha. Mostrei para ela as fotos do local, no Ushuaia, a famosa Tierra del Fogo. A cabana se chamava Aldea Nevada e era, literalmente, uma cabana. Com telhadinho verde, toda construída em madeira e localizada em meio à floresta. Não precisei mostrar quatro fotos para que Úrsula dissesse "vamos". E é claro que respondi que sim.

Os dias passaram e a nossa ansiedade só aumentou. A lista de planos já estava lotada, mas os corações sabiam que sempre caberia espaço para mais alguma cena mágica.

E por falar em mágica, é incrível como com apenas um beijo ela ressignifica e melhora o meu dia. Agora me deixe aqui, olhando atento e admirando, enquanto ela medita quietinha no seu canto.

INDEPENDENTEMENTE DO DIA
OU DO MOMENTO,
AEROPORTOS SEMPRE
PRESENCIARAM
MAIS HISTÓRIAS
DE AMOR DO QUE
CASAMENTOS.

PARA TODO FIM, UM RECOMEÇO

Sempre fui um turbilhão de sentimentos pincelados com muitas demãos de intensidade. Uma mistura brasileira e gitana que resultou nessa que vos fala, Úrsula Reyes, um poço infinito de autenticidade.

Nunca fui uma romântica lunática que planeja cada detalhe da vida. Pra mim, foi sempre assim: se o destino permitir, chegará até mim.

Conheci muitas dores em forma de pessoas e deixei algumas se transformarem através de mim. Mas nem sempre foi assim. Absorvi problemas demais. Desamores demais. E tentei alimentar os meus sentimentos com migalhas demais. É claro que isso mexe com qualquer pessoa. Se rodei tanto apenas com a companhia de uma velha mochila, não foi à toa.

Fui machucada quando eu só queria paz. Fui jogada no esquecimento quando estive em meus piores momentos. Acabaram com meus dias de tranquilidade mesmo quando entreguei o meu coração com total disponibilidade.

Enfim, sofri assim. Até pensei que fosse o fim. E foi! Decretei um ponto-final àquelas atitudes que tanto me fizeram mal. Recomecei. Foi difícil, mas me reencontrei. Colei no meu coração lágrimas e arrependimento, na certeza de que o recomeço faria tudo ficar bem em algum momento.

Quando comecei a percorrer o mundo, na verdade estava correndo atrás dos meus sonhos esquecidos. É incrível o poder de um coração partido. Com ele você consegue reunir forças para reconstruir um amor-próprio tão glorioso, que impedirá qualquer ataque.

A minha dança na Espanha, de pés descalços e cabelos ao vento, foi com certeza a representação de um dos meus melhores momentos. Eu não me sentia mais em perigo, só a felicidade me cercando de bons momentos e fazendo deles um abrigo. E por falar em felicidade, quando vi aqueles olhos puxados marejando ao me ver, me arrepiei. Confesso que hoje, olhando para trás, posso falar tranquilamente que me apaixonei. Não via maldade, via apenas amor da mais pura qualidade.

Alto e de cabelo curto com uma barba brilhante, fugia do padrão extravagante e se assemelhava mais a um antigo lenhador muito confiante. Camisa xadrez, botas marrons e um relógio com pulseira de couro, o qual ele checava frequentemente, como quem queria que o tempo parasse para que eu nunca fosse embora.

Quando falou comigo, eu já sabia a sua intenção, mas, Felipe, até sem conhecer você eu já previa quão bom era esse seu coração. Fiquei boba de ver como você esbanjava conhecimento e me tratava com carinho e cuidado desde o primeiro momento. Falava de história e viagens com tanta propriedade que eu gostaria de ter largado tudo para viver com você mil e uma noites de um amor sem saudade.

Demorei muito tempo para redescobrir o amor, mas, quando você chegou, foi libertador.

Depois disso veio o desencontro. E essa é uma falha nossa que ainda me consome às vezes... Como é que podemos nos apaixonar por alguém sem nem mesmo perguntar o sobrenome? Loucura total, ainda bem que conseguimos nos reencontrar para corrigir esse erro quase fatal.

Olhando para você agora, dormindo no meu ombro, entendo a calmaria de que você precisava. Olho para a janela do avião e vejo a Cordilheira dos Andes, branquíssima de neve e mais fria do que foi o meu coração no passado.

A Aldea Nevada foi como o refúgio da realidade de que sempre precisei. E estar com você foi tudo aquilo com que sempre sonhei. Cada dia foi unicamente especial, do café na cama até os tombos na neve; com você tudo ficou mais leve.

Eu não sei o que o destino preparou para a gente, mas espero que ele seja competente e não nos deixe nunca mais com aquela carência terrível. O seu coração precisa do meu, assim como o meu precisa do seu. Portanto, faremos do nosso amor um eterno apogeu.

Faço um cafuné com a mesma delicadeza com que você adormeceu me fazendo um. Faria de tudo para eternizar esse momento. Finalmente, o universo conversou comigo. Aliás, com tanta sorte assim, pelo visto ele quer ser o meu melhor amigo.

Lá fora a neve cai outra vez, mas aqui dentro a intensidade do nosso amor faz com que na cabana seja verão o ano inteiro. E garanto a você, meu amor, por mais que isso seja um clichê, que amarei você de janeiro a janeiro, dentro dessa cabana ou em qualquer lugar do mundo.

QUERO SER O
LUGAR FAVORITO
DO SEU CORAÇÃO
QUANDO PRECISAR
ESCAPAR DESTE MUNDO
DE AMOR EM EXTINÇÃO.

CAPÍTULO 2

DESAMORES

TE PERDI QUANDO ME ENCONTREI

Tarde da noite. De mais uma noite. A garrafa de vinho estava vazia sobre a mesa. E os meus olhos, lacrimejando o suprassumo da tristeza. Por mais uma noite. Aqui estou, de novo segurando o copo vazio, tentando esvaziar todas as promessas que você me fez. Sem sucesso. Foi só olhar para a notificação do celular para ver que ali estava mais uma armadilha camuflada de conversa sem nexo. Mais um convite para aceitar migalhas sujas de um amor sem afeto. Mentiras tão sujas que eu mesmo não me reconheceria aceitando, mesmo se mostrassem o meu reflexo.

Toda essa pseudorrelação era um grande problema que eu via apenas como pena. Como pode alguém aceitar tão pouco a ponto de se sujeitar a ser apenas um esquema? Eu não sei. Mas, quanto mais você pisava em mim, mais eu aceitava. E mais eu me calava. E, quando chamava, em instantes eu estava lá, com a boca colada em alguém que não se contentava com a minha falta e, para suprir a carência, se grudava até com ratos na calçada.

Mesmo com tantos motivos para abrir mão de você, preferi seguir maltratando o meu coração.

Aceitava as suas mentiras e ser o seu brinquedo. E, quanto mais você brincava, mais eu me apegava. Via você brincar com outros corpos, muitas vezes na minha frente. E, quanto mais me destruía, mais incrivelmente atraente você ficava.

Eu sabia que um dia isso precisava acabar. Mas como dizer adeus para quem nunca desejou ficar?

Por incansáveis vezes, chorei dizendo "basta!", mas era só você chegar para mais uma vez eu me entregar. Tentei até pedir socorro para todo o meu círculo de amizades, mas me entregar aos seus braços era como sonhar com um pesadelo diário que virou comodidade. Em uma das noites, quase me afoguei em choro e, ao acordar, soube que aquele era o momento exato para me libertar. Chega. Cansei de tentar ensinar o amor para quem sequer consegue pronunciar a palavra amar.

Enchi o peito de coragem, tentando maquiar toda a vontade que ainda latejava aqui. Sabia que era preciso colocar na balança todo o desejo que sentia para perceber que o peso do meu coração em pedaços era muito mais pesado do que qualquer aventura passageira que você me oferecia.

NUNCA SE ESQUEÇA
DE QUE VOCÊ É
UM PRIVILÉGIO.
E NÃO UM JOGUINHO
DE TANTO FAZ.

POR MUITO TEMPO, EU FUI APENAS UM PASSATEMPO

Sempre tive em mente a ideia de que, quando se trata de amor, eu não podia perder tempo. Nunca. Jamais. Mas no meu caminho sempre apareceram desamores que atrasavam a minha vida a ponto de eu querer voltar atrás.

Não sei, talvez a lei da atração funcione ao avesso dentro do meu coração. Eu encontrava o amor da minha vida e dentro de poucas semanas já estava precisando cobrar carinho e atenção. A culpa talvez não fosse minha. De quem mais seria, então? É fácil se isentar e continuar fazendo de tudo para se machucar.

Nunca quis ser o passatempo ou o brinquedo de alguém. Na verdade, acho que ninguém gostaria de ser. Mas vivo caindo na pilha errada de deixar bagunçarem o meu coração.

Quando a pilha finalmente acaba, fico no fundo de uma gaveta suja chamada esquecimento. Sem energia. Sem graça. Roendo migalhas dos restos de um amor que nunca amadureceu. E apodreceu por falta de luz.

E por falar em luz, tem dias em que não consigo me olhar no espelho. Não por ter problemas com a minha aparência, mas acabo não me reconhecendo na escuridão. Pena que lágrimas não brilham no escuro... Pelo menos ainda não chegamos nesse ponto da evolução.

Dizem que a nossa luz não se apaga ao tentar acender a luz de outro alguém, mas sempre que tentei me jogaram de cabeça para baixo dentro de um poço frio e profundo logo na primeira oportunidade. Tudo isso em nome da cumplicidade. Quanta maldade. E quanta ingenuidade. Talvez só o amor-próprio seja capaz de lidar com toda essa crueldade disfarçada de intensidade.

Hoje falo disso com tranquilidade, pois tenho a certeza de que já passou. Melhor do que isso: tenho a certeza de que não voltarei atrás e não cairei em novas ciladas.

Prometo, do fundo do coração, que nunca mais entregarei toda a minha bondade nas mãos de um palhaço brincalhão, daqueles que andam com relógio de bolso quebrado e deixam você na mão, vagando sem saber que horas são. Atraso de vida disfarçado de antídoto para o coração.

Agora — e também depois — é hora de cuidar de mim. Deixarei para trás quem sempre me ensinou que o amor precisava ter um fim.

NEM TODAS AS COISAS
FAZEM BARULHO
QUANDO SE QUEBRAM.
ALGUMAS SE DESTROEM
POR INTEIRO NO MAIS
ABSOLUTO SILÊNCIO.

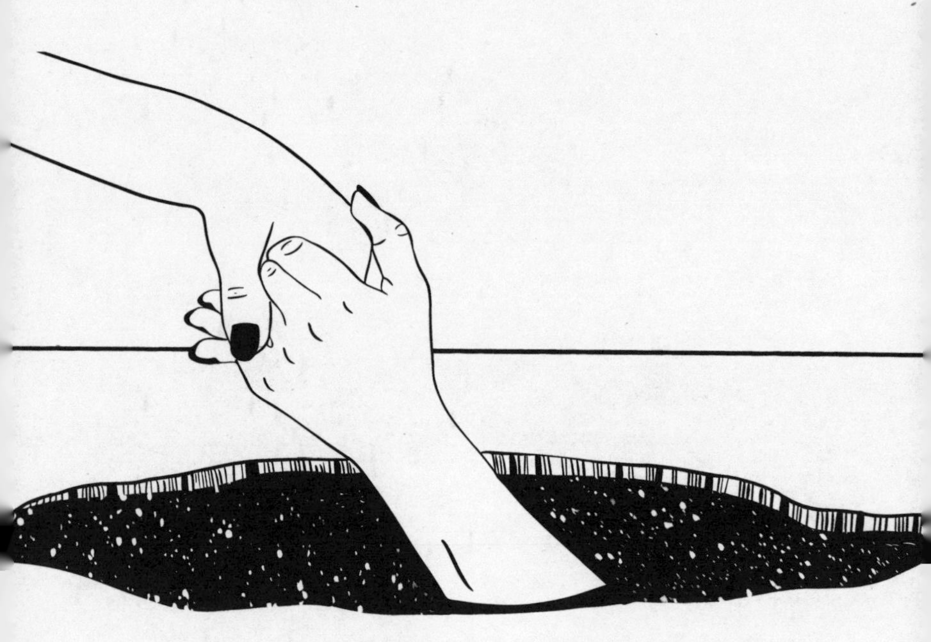

AMOR DE CARNAVAL

Dois mil e vinte e dois. Fevereiro me trouxe novamente a certeza de que mais uma vez usaria a minha máscara reciclável feita com o papel de trouxa que pensei ter perdido no ano anterior. De novo. Já virou rotina usarem o meu coração para a folia e depois o jogarem para o alto como serpentina.

Dizem que no Brasil o carnaval acontece o ano todo. Concordo plenamente com isso, considerando que passo o ano inteiro conscientemente fantasiado de palhaço.

Em um dos anos, enfeitei o meu coração com impressões dos mesmos girassóis que Van Gogh desenhou, mas quem disse que adiantou? Foi como tentar pintar uma linda tela em meio à tempestade. Tintas escorriam. Risos, não. Lágrimas escorriam. E todo o amor-próprio ia pelo ralo.

Por inúmeras vezes me aconselharam a ser um folião desapegado, daqueles que pulam pra lá e pra cá e abraçam quem quer que esteja ao lado, mas não consigo. O meu foco intenso e amor exacerbado me fazem querer entregar, amar e, de todos aqueles pequenos resquícios de sentimentos, cuidar.

Mas era só chegar a quarta-feira de cinzas que o meu coração virava pó. Maltratado, deixado de lado, como confete que caiu em um chão sujo e molhado.

Sempre precisei de dias e dias para me recuperar. Muitas vezes, fiz promessas de quaresma, me comprometendo a não me comprometer com quem só tinha migalhas para me oferecer. Não adiantava. A Páscoa chegava e, com ela, várias mentiras e presentes que não refletiam o verdadeiro significado do amor.

Demorei anos para entender que todo esse ciclo era causado por mim, uma ingenuidade em pessoa que ainda acredita que um amor de carnaval poderá querer andar de mãos dadas em meio ao camarote dos melhores sentimentos do mundo. Forte engano. Quem quer nos usar, usa. E é isso. Não adianta esperar nada em troca de quem acha que sinônimo de amor é tudo aquilo que sufoca.

Dessa vez — finalmente, talvez –, aprendi. A fantasia foi queimada. O papel de trouxa também. Não quero mais saber de personagens com promessas que não se mantêm. Agora só me permitirei cair nas graças de alguém que queira ir além.

QUERO CUIDAR TANTO
DO NOSSO AMOR
ATÉ FAZER CAIR POR TERRA
O DITADO QUE DIZ
QUE NADA É ETERNO.

SÓ SOFRE QUEM NÃO ENTENDE

"Ela partiu e nunca mais voltou." É isso o que dizem sobre você quando não entendem os motivos da sua partida. Como se você tivesse abandonado tudo sem um motivo aparente, como uma pessoa descomprometida, fazendo birra como um adolescente.

Tenho um ponto que talvez você não entenda: só sofre quem não entende. Mas a partir do momento em que o entendimento toma conta da sua mente, automaticamente você quer se libertar de uma vida deprimente.

Todos os sinais são estampados na nossa cara. E se você não consegue enxergar, olhe no espelho e me diga onde é que está o brilho do seu olhar.

E não me venha cobrar terapia depois de ter se permitido passar uma vida trancada em um poço de agonia. A culpa não é minha. Às vezes, também pode não ser sua. Mas por que se permitir levar uma vida nula em prazer?

A culpa pode não ser sua quando usam você como passatempo. Ou mesmo quando fazem planos para partir o seu coração sem pedir a sua autorização.

Entendo que ninguém escolhe ser atropelado por uma carreta de descontrole que veio na contramão das próprias vontades, mas permanecer na rota de destruição emocional é uma atuação digna de um Oscar de bestialidade.

Estou cansado de ver você errando sem aprender e fechando os olhos para não acordar e entender.

É difícil, eu sei. Aliás, nunca falei que era moleza, apenas fico inconformado com a quantidade de pessoas que praticam o tal hobby da tristeza em vez de criar o hábito da franqueza. E, sejamos honestos, essa compreensão para a tal da libertação pode ser tão difícil quanto uma primeira aula de japonês. Mas você não precisa enxergar um desamor como freguês. Ele nunca tem razão, mesmo que volte a assombrá-lo.

O amor real ainda é um sentimento lindo de se viver. Antes, porém, você deve entender que o seu coração precisa urgentemente amadurecer.

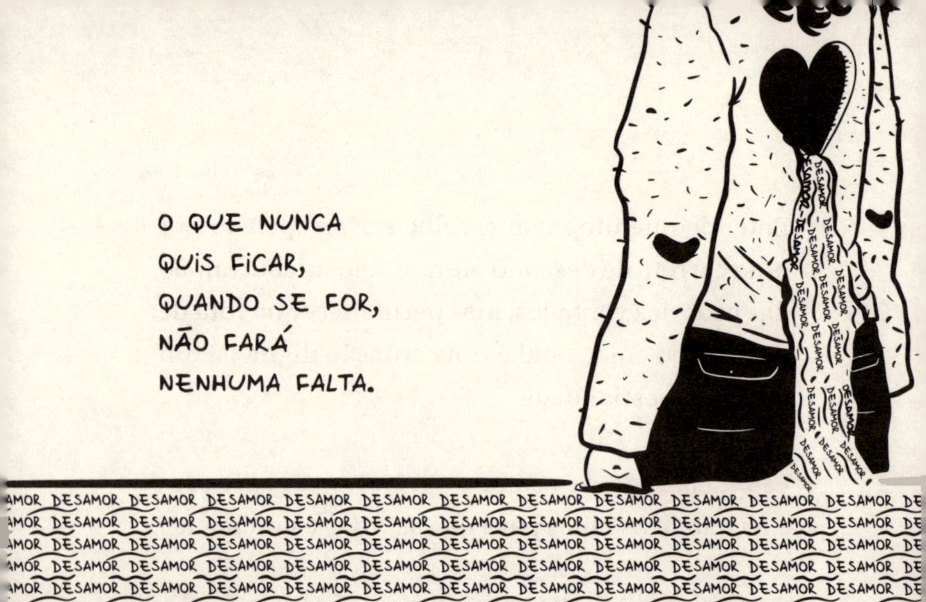

O QUE NUNCA
QUIS FICAR,
QUANDO SE FOR,
NÃO FARÁ
NENHUMA FALTA.

O DESTINO NÃO SERIA TÃO CRUEL

Você finalmente conseguiu. Fez com que eu me arrependesse até dos momentos aos quais só algum vigia do meu sonho pôde assistir. E toda a promessa de que você somaria sumiu. Até hoje você só subtraiu. A vergonha escorre pelos meus olhos e dessa vez não vai ser como as demais. Dessa vez, eu não vou voltar atrás.

Sempre fui de deixar muitas coisas nas mãos do destino e não correr atrás do que realmente eu queria. Até que você apareceu; automaticamente, vi como algo que o destino me ofereceu.

E foi o maior terror o que me aconteceu. Vivi por anos pensando que a minha alma gêmea tão aguardada mudaria o seu jeito e deixaria a minha rotina um pouco menos amarga.

Esperar demais por quem se faz menos. Erro clássico. Depois, o que me restava era repousar a cabeça em um travesseiro que tinha cheiro de fracasso. Era como uma anestesia, eu não sentia o que você me fazia. Apenas aceitava e vivia. Ou, infelizmente, sobrevivia.

E por falar em sobrevivência, nem o Bear Grylls passou por tantos apuros. E tudo isso para quê? Se no fim da noite você saía com os seus esquemas e me deixava chorando em um quarto escuro?

Eu sempre fingia que estava tudo bem e aceitava. Afinal, esses eram os altos e baixos não mostrados nas histórias encantadas.

Por falar em encanto, ele era dissolvido pouco a pouco em cada lágrima do meu pranto. A minha visão foi clareando para o que realmente importa. Não era coisa do destino, mas, sim, de um amor de molde clandestino.

Foi difícil enxergar e concordar, mas o nosso amor tinha mais a ver com um submarino do que com coisa do destino, considerando que ele foi feito para afundar. Mas, antes que afundasse, decidi zarpar.

Você ficou na certeza de que nada poderia lhe abalar, mas, se eu ficasse, certamente iria me afogar. Seja nas suas mentiras ou nas suas promessas de mudança.

Você pode até ensaiar, tentando me convencer de que o destino prometeu fazer o nosso amor renascer.

Não adianta, esse papo não mais me encanta. E pode até me dizer que rezou para eu voltar olhando para cada estrela no céu, mas hoje eu sei que o destino não seria tão cruel.

PENSANDO BEM,
DEIXAR VOCÊ IR
NÃO ME FEZ
NEM UM POUCO MAL.

RASGUE O SEU PAPEL DE TROUXA

Ainda está aí? Mas que teimosia. Você não será feliz dessa maneira. O amor que você tanto espera está preparado para te passar mais uma rasteira. Depois não me venha com choradeira. E não há advogado que possa salvar você dessa besteira.

Já tentei avisar que a melhor maneira é zarpar. Mas, antes, rasgar. Rasgue o papel de trouxa que você assinou, emoldurou e colocou na parede com o seu nome. Acorde para a vida e perceba que é justamente isso que te consome. Toda essa aceitação em clima de mansidão nunca te fará feliz. Acorde e olhe bem nas letras miúdas o que aquele contrato de trouxa diz.

Ele diz que o coração em que você quer entrar está vazio. E que quem espera o amor chegar cansa de esperar. Quando é que você vai perceber e parar de aceitar essa espera milenar? Ele sequer te deu uma senha preferencial. E nada disso acontece de forma acidental, tudo é um plano arquitetado de uma maneira consensual.

Você tem a mania de dizer que tem um bom coração. Mas, para mim, bom é diferente de bobo. E o que você faz é entregar o seu coração fantasiado de carneiro para um desamor com mais malandragem do que um lobo. Muita gente já acordou e rasgou. Falta só você criar coragem e perceber que não há nenhuma vantagem em levar uma vida juntando migalhas. Está na hora de parar de se desgastar e voltar ao belo hábito de se cuidar para que o amor real possa chegar.

Quando falo de amor real, não falo apenas de outra pessoa. O primeiro passo é fazer as pazes com aquela pessoa que mora dentro do espelho que você tanto maltrata e nunca perdoa. Olhe bem nos olhos dela e veja os lindos detalhes que estão se perdendo com o tempo. Quanto mais o tempo passa, mais tenho certeza do meu argumento de que esse é o seu pior momento. Você aceita o que qualquer pessoa te impõe. E mesmo sendo o pior cenário do universo, nunca se contrapõe. Fico bobo vendo como você tanto se dispõe enquanto tudo ao seu redor se decompõe.

Troque a moldura por um espelho e abra bem os olhos. Enxergue a imensidão incrível que ainda resta em você. Não, não vale a pena seguir com esse sofrimento sem fim. Não é bom para você, muito menos para mim, que te vejo assim. Rasgue o seu papel de trouxa ou prepare-se, pois esse será o seu fim.

SE VOCÊ JÁ ACHOU INCRÍVEL PROVAR
AS MIGALHAS DE BONS MOMENTOS
VIVIDOS COM ALGUNS DESAMORES,
IMAGINE SÓ QUANDO VOCÊ COMEÇAR
A VIVER INTENSAS MARAVILHAS COM
UM AMOR SEM CONTRATEMPO,
QUE NUNCA PENSOU EM TRATAR VOCÊ
COMO UM PASSATEMPO.

CAPÍTULO 3

AMORES PARA SEGURAR FIRME

PRIVILÉGIO

Anos atrás, tive o privilégio de conhecer uma mulher que me deixou desnorteado. Fiquei vidrado em seus olhos levemente puxados e no seu cabelo iluminado. Ela me deixou encantado, para não dizer apaixonado. O seu sorriso me hipnotizava, era incrível e única a sensação de estar, pode-se dizer, meio que enfeitiçado.

E ela sabia. Sabia que eu a acompanhava com os meus bons olhos em todos os lugares em que ela passava. E todos esses lugares se transformavam automaticamente em minha retina em uma passarela com tapete vermelho, onde ela brilhava mais do que a lua coberta de purpurina.

Olhar para ela me acalmava tanto, que me fazia esquecer de todas as noites que passei em claro, aos prantos. Sonhei a vida toda em acordar ao lado de alguém assim, só para passar o restante do dia confuso, pensando se aquilo era a realidade ou um sonho eterno.

Sabe aquela sensação de estar feliz só pela ansiedade de, quem sabe, ter um futuro ainda mais feliz ao lado de alguém? Pois bem. Esse sou eu, dia após dia. Ano após ano. Pois essa mulher é aquela a quem tenho a honra e o prazer de chamar de minha.

Mas quando a chamo de minha, não pense que é como um objeto do qual tenho a birra de falar "isso daqui é meu, tão meu que posso quebrar agora mesmo". Não. E, apesar de no dicionário a palavra "minha" aparecer como uma coisa ou algo que pertence a alguém, aqui o pertencimento é dela. Ela é dona de todo o — meu — amor existente neste planeta e região. E não adianta teimar, assinei um papel no cartório para que ninguém possa duvidar.

Ela é magnífica. Não importa quantos anos passem, ainda sinto vontade de beijar aqueles lindos lábios a cada sorriso dado. Em cada esquina. Em cada boa-noite. E também bom-dia.

Posso parecer exagerado ou talvez desesperado. Mas o que você faria se ganhasse diariamente na Mega Sena da vida? Ignoraria ou resgataria o prêmio todo santo dia? Pois bem. Mesmo sendo milionário de amor, nunca quis deixar a conquista para depois.

E quando digo "prêmio", não são como aqueles troféus empoeirados que a maioria dos meninos ganha em campeonatos interclasses do colégio. Aqui estou falando de uma peça rara, daquelas que estão presentes nas maiores obras de arte do mundo.

Raridade. Beleza. Inconfundível. Nenhum adjetivo será o suficiente para descrever aquela que, para mim, sempre foi indescritível.

E por falar em arte, com licença, preciso ver o espetáculo que é essa mulher acordando lindamente com seus pequenos olhos de sono e cabelo despenteado, pedindo meu cafuné. Todos esses pensamentos tive agora, às 5h55 da manhã, agradecendo aos céus por ser o privilegiado escolhido para preparar o seu café.

TEMOS QUE PERDER
O MEDO DE ALTURA
SE QUISERMOS
REALMENTE
TOCAR OS CÉUS.

A NOSSA MÚSICA AINDA TOCA

Nunca soube lidar muito bem com as palavras, seja para passar uma cantada ou contar uma piada engraçada, mas sempre soube que o amor era um processo diário de entrega. Só que, quando me entregava, acabava sendo apenas como mais um projeto patético e brega.

Desde que te vi, no entanto, prometi: custe o que custar, um dia ainda irei te cantar e encantar.

Não tenho paciência para nenhum tipo de jogo barato. Muito menos o estilo de quem joga mais sujo do que sola de sapato. Eu sou assim: simples, direto e reto. Quero passar horas compondo uma canção para você, fazendo carinho de ponta de dedo no seu corpo, enquanto escrevo sobre você com a outra mão.

Quero me desdobrar em mil versões cada vez melhores, tão boas que deixarão você de queixo caído no chão. Tudo isso só para mostrar que, independentemente do multiverso, cuidarei do seu coração.

Irei cantar você repetidas vezes, até encontrar os seus olhos sorrindo para mim. Quero reconhecer você na primeira nota, mas de olhos fechados. E na segunda, abrir os olhos e vê-la ao meu lado se aninhando em meu peito e pedindo bis. E na terceira, amar você incondicionalmente como aquelas músicas que elevam o nosso alto-astral logo nos primeiros segundos, trazendo lembranças de bons momentos ou projeções de um futuro que poderia acontecer a qualquer momento.

E aconteceu. Você mora em minha mente desde o dia em que a conheci. Aliás, isso já faz tanto tempo... Sorte a minha ainda ter a lucidez necessária para poder reviver mentalmente toda a nossa linda história e nunca me esquecer de nenhum dos seus lindos detalhes.

Vivo me despedindo sem querer. Lamento e encaro cada uma dessas mudanças do tempo, esperando algum dia receber uma carta com todos os argumentos para tanto sofrimento.

Nunca consegui cicatrizar a ferida que ficou desde que você se foi, pois os pontos não se fecham, considerando que entre eles existem tantas recordações tão nítidas. Juro, meu amor, que não faltou iniciativa. Mas você faz falta aqui. Viva. Sorrindo. E me mostrando que ao seu lado será sempre o meu melhor caminho.

A saudade pode apertar, mas, sempre que a nossa música tocar, saberei que em algum lugar você estará me vendo cumprir a promessa de para sempre te amar.

O MUNDO PODE TER
AS SUAS SETE MARAVILHAS,
MAS VOCÊ É A ÚNICA
MARAVILHA DO MEU MUNDO.
ENXERGUE A SUA
IMENSIDÃO.

NUNCA IMPLOREI

Eu achava que estava vivendo uma fantasia, mas tudo aquilo tinha a real boa intenção e naturalidade de quem o fazia. Era uma gentileza abundante misturada com toques pontuais de empatia. Confesso que foi difícil não pensar que era algum tipo de anomalia.

Eu, finalmente, não precisava implorar por atenção, tudo ali era entregue de bandeja junto às chaves do seu coração.

Às vezes, é difícil aceitarmos que merecemos viver algo leve, já que aparentemente o normal é ter um amor turbulento. Mas, acredite, o que é real causa o destronamento de qualquer amor barulhento.

Quando você chegou, estava vestindo o sorriso que tanto me encanta. Lembro até hoje da primeira vez que tentei presentear você para demonstrar a minha felicidade e vontade de querer ficar. Dei um cacto pequenino e você me olhou sorrindo. Mesmo espetando o dedo, achou aquele presente lindo.

Mas sabe o que é lindo? Tudo o que você faz por mim. Eu sempre disse que precisamos estar felizes e completos para receber outro alguém, mas nunca disse que, quando a coisa aperta, tenho você para me fazer transbordar. E você já fez isso tantas vezes.

Sem que eu implore, você sempre se coloca em meu lugar e me oferece o seu colo para eu morar. E me recuperar.

Agradeço aos céus por ter errado o presente que tanto pedi e ter recebido alguém com quem tanto me surpreendi. E aprendi. Como isso aconteceu, eu não sei. Às vezes, acho até que atraí. Ou talvez eu esteja colhendo todas as coisas que plantei nas terríveis relações anteriores que vivi.

E se for para implorar por algo, quero que seja por sorte. Sorte para continuar ao seu lado. Sorte para ver os nossos filhos crescerem e admirarem você em minha companhia, ainda mais encantado. Falo sério e faço o que for preciso, até mesmo aquela simpatia de tapar o umbigo. Mas, pelo que já conheço, até sem superstições você continuará fazendo de tudo para ser o meu abrigo.

Sempre juntos. Até chegar o último dia, serei feliz por nunca precisar implorar para receber um amor tão impecável que nunca necessitará de uma intervenção ou auditoria.

SEMPRE HAVERÁ
OUTRA OPORTUNIDADE,
OUTRO RECOMEÇO,
OUTRA CONQUISTA,
OUTRO AMOR
E OUTRAS COISAS.
MAS NUNCA OUTRA VIDA.
NÃO PERCA OPORTUNIDADES.

A NOSSA FILHA JÁ TEM UM NOME

Acho tão chata essa onda atual; perguntar os planos de vida do outro pode pegar muito mal. É gostoso demais ter um papo sem pautas ou restrições, falar espontaneamente sobre expectativas, planos, vontades e até mesmo sobre o nome planejado para um filho que ainda não nasceu.

Aliás, foi em um papo desses, totalmente sem rumo, que assisti ao meu coração entrar no prumo, só para resumir. Estávamos saindo há poucos dias, mas o nosso interesse um pelo outro era mútuo e constante, estava claro que eu não seria apenas mais um troféu em sua estante.

Sempre sou transparente, pois gosto que conheçam até os detalhes mais íntimos da minha alma. E nunca fui fã de passar um ar misterioso, já que, na maioria das vezes, isso não passa de coisa de mentiroso.

Sentia que aquele era o momento de dividir a vida com alguém. E para isso a entrega precisava ser completa, não pela metade. Em vez de entregar migalhas, eu queria mesmo era viver em plena intimidade.

Sou do time que defende que, para ter conexão real, precisamos colocar as cartas na mesa. Como cheguei a essa conclusão? Simples! Observando as pessoas...

Certa vez, um amigo decidiu que ia pedir a namorada em casamento. E ele recebeu um não. Em oito anos de namoro, eles nunca tinham falado sobre aquilo. Ele fez uma bela surpresa, mas não adiantou de nada. Como nunca tinham posto os seus planos em pauta, só restou o climão de tristeza. Todos sabiam que ela não queria se casar, menos ele. E quando ela tentava entrar no assunto, ele dizia que essas coisas não eram para ser conversadas, apenas sentidas. Pura besteira. Quando a ficha caiu, ele percebeu que havia perdido uma pessoa incrível por bobeira.

Outra vez, pude ver um relacionamento de dez anos terminar justamente pelo motivo contrário. Ela queria muito se casar. E ele, apenas enrolar. Parecia estar ganhando tempo, mas esse tempo nunca tinha fim. Ela queria tudo. E ele queria pouco, tão pouco, que era quase nada. E ainda por cima dizia e fazia piadas sobre não gostar de crianças e que ter filhos era a maior furada. Por que é que esperaríamos algo bom vir dessa âncora? Sinceramente, não consigo entender. Mas tem gente que não acredita e gosta de pagar para ver.

O que está em jogo aqui são seus planos, sonhos e felicidade. Não dá para entregar isso de bandeja para quem você não conhece profundamente. Mas, voltando para mim, talvez eu seja a pessoa mais feliz do mundo.

Podia falar sobre qualquer coisa: casamentos, viagens, filhos e tudo mais. Não existia aquele papo-furado de "vamos devagar" ou "se falar sobre isso, vou me assustar". Eu podia ser eu mesmo. E, na minha cabeça, enxergava o outro coração com uma linda transparência.

O tempo passava e as conversas evoluíam. Era tão gostoso sentir que nós dois estávamos no mesmo ritmo... Confesso que até me dava um frio na barriga só pela ansiedade de saber que estaria vivendo exatamente aquilo que eu queria. Tudo em nós fazia sentido. E, quando faz sentido, evitamos o coração partido.

Ontem foi o nosso aniversário de três anos e escrevi lindos votos. Foi o último aniversário de namoro, pois ficamos noivos. Preparei tudo conforme as vontades que ela foi me contando ao longo dos anos. Eu sabia do que ela precisava, e vice-versa. Tudo isso pela simples atitude de valorizarmos uma boa conversa.

E ela disse sim, com aquele lindo barrigão que carrega todo o amor do nosso mundo. E desde que falamos dela pela primeira vez, já sabíamos o seu nome. Mariana nascerá com a nossa garantia de amor eterno, crescendo na certeza de que terá colo, cuidado e boas conversas para os dias de verão e também de inverno.

QUEM NÃO FAZ PLANOS
PARA O FUTURO,
DEIXA O CORAÇÃO
DO OUTRO
VIVER NO ESCURO.

SEM CAFÉ, MAS COM ATENÇÃO

Sempre me convidavam para tomar café. Não importava a ocasião, quando eu falava "seria bom ver você", sempre recebia um "podemos tomar um café" como resposta. Mais amargo do que o café, no entanto, era a amargura que me tomava por ter que falar que eu odeio a tal bebida.

E isso já vem desde criança. Enquanto os adultos conversavam segurando a xícara de café quente na mão, lá estava eu, de orelha em pé e bebendo o meu sucão. E hoje, aos trinta, nada mudou. Enquanto todos dependem de um bom café para acordar, eu só preciso de um beijo matinal para conseguir me energizar.

Anos atrás, aqui em Uberlândia, visitei a Mundo Café, uma cafeteria maravilhosa da cidade. Aliás, a maravilha aos meus olhos foi ter inúmeras coisas gostosas para comer acompanhado de um delicioso suco natural.

Sempre reparo na pressa com que as pessoas vivem. Às vezes, não têm tempo nem para receber um sorriso ou um bom-dia. Correm como se estivessem acabando o dia.

Entre tanta pressa e entra e sai, a porta se abriu e avistei uma antiga conhecida da cidade. Tranquila e com o semblante sempre de paz. Não combinados nada, mas a coincidência dizia tudo. Eu era apaixonado por aquela mulher. E ela, apaixonada por café.

Conversamos rapidamente, porque eu precisava pegar a estrada e ela estava atrasada para o seu primeiro dia de trabalho na universidade. Mas, como não sou bobo, lancei o convite para tomarmos um café e ela disse: "Café? Mas você nem gosta!". E respondi: "Não gosto de café, mas amo ouvir você falar enquanto toma essa coisinha ruim". Ela sorriu e aceitou.

Sei que temos o costume de falar "vamos marcar" e ficar por isso mesmo. Virou mania, marcamos coisas da boca para fora que viram a maior burocracia. Mas foi diferente, cheguei em casa confirmando a hora e o dia.

Era maravilhoso como nós tínhamos assunto. E era ótimo ouvi-la falar. Era um mix de carinho e mansidão. Nunca vi alguém com tanta educação. Tratava as pessoas tão bem... e de quebra me chamava de "meu bem". Eu ficava bobo. Uma hora me sentia em um porto seguro iluminado por um grande farol, em outra ficava pensando: será que ela gostaria de receber um arranjo com um girassol solitário? Eu queria demonstrar, mas sem ser um atrapalhado querendo alvoroçar.

Mas, como dizem, amor é construção. Assim como conexão, amizade, confiança... e por aí vai. E tínhamos tudo isso para dar e vender. Parecia que, quanto mais o tempo passava, mais o nosso amor aumentava. Eu estava entregue. E ela também. Depois de muitos cafés — da parte dela — e incontáveis horas de convivência que passavam rápido demais, decidimos dar um passo adiante e dividir o mesmo teto. Fui fazer companhia para ela, para o gato Luke e para uma dúzia de plantas em seu apartamento. É tão gostoso relembrar que em nenhum momento bateu o arrependimento...

Quando a dona da cafeteria nos viu em uma dessas lojas escolhendo itens de cozinha, pediu o nosso endereço para mandar um presente. Tudo ia muito bem. E eu que achava que nunca seria grato pelo tal café, me enganei. Ele era o elemento para a nossa relação se manter zen.

Agora estou aqui, terminando de escrever sobre a minha história para a coluna de um jornal que falará sobre amores cotidianos. No forno, os pães de queijo já estão me deixando com água na boca. E estou sedento por um beijo quando ela chegar emendando várias perguntas sobre o meu dia e me contando como foi que ela salvou o mundo mais uma vez.

O café já está pronto. Aliás, usei a cafeteira que ganhamos de presente. Comprei o pacote de grãos que ela gosta lá na Mundo Café e deixei tudo preparado. Apesar de toda a minha história com o café, o ponto alto do meu dia é aproveitar a vida com aquela que resgatou o meu lado mais doce. Mesmo tendo que sentir o gosto amargo da bebida nos lindos lábios dela, não sei o que seria de mim sem o café e essa mulher em minha vida.

QUERO SER A PESSOA
PARA QUEM VOCÊ CONTA
COMO FOI O SEU DIA
ENQUANTO TE PREPARO
UM CAFÉ.

DIAS DE CHUVA

Lá fora a chuva cai sem parar. E dentro do meu peito, transbordo tanto amor que você poderia facilmente navegar. Quer arriscar?

Gosto de dias assim, cinza, onde tudo parece perder um pouco a graça. Mas basta eu te olhar para qualquer clima ruim se dissipar. É magnífico o seu poder, me hipnotiza sem eu perceber. Quando me dou conta, já estou na sua. E é assim que entro nesse looping, um círculo altamente vicioso e sem fim. Ótimo para mim.

Gosto que nos dias de chuva o nosso cuidado seja em excesso. Parece até uma cerimônia com detalhes especiais. O cafuné é mais demorado do que o normal e o beijo tem um gostinho diferente, parece o mesmo sabor que sentia quando eu precisava esperar dias e dias para ver você e me arrepiava de ansiedade.

Nós sempre tivemos uma conexão muito intensa, e o seu cheiro parece intensificar as coisas, sabe? Sei que você não faz por maldade, mas fico todo sem rumo, como se estivesse sendo acompanhado por alguma divindade.

Em dias assim, fazemos vários tipos de maratona. De carinho, filmes e até de fanfics sobre nós mesmos. É gostoso ver como a minha mente trabalha bem quando penso na possibilidade de estar com você. Viajo para longe e sou capaz de dar uma volta ao mundo sem sequer tirar os olhos desse seu sorrisão lindo.

E a inspiração é tão vigorosa, que eu seria capaz de escrever um romance enaltecendo você do começo ao fim. E mesmo sendo um possível escritor aprendiz, poderia garantir um belo final feliz para o nosso livro.

Vou parar de falar, mas não de imaginar. Pode descansar, deixa que eu preparo o jantar. Vai chover a semana inteira, perfeito. Chega pra cá e aninhe a sua cabeça em meu peito. Me deixe te contar um segredo que o mundo inteiro já sabe: quero estar com você daqui até a eternidade. Eu sei, talvez esse seja o maior clichê da Via Láctea, mas eu estaria louco se não falasse de você como quem descobriu uma nova galáxia.

POLAROID

Sempre gostei de registrar momentos de uma maneira que não se encaixa nas formas convencionais, inclusive alguns acham que isso nem existe mais. Mas, vamos confessar, fotos impressas continuam sendo magníficas demais.

Registrei inúmeros trechos da minha vida que, por incrível que pareça, tornaram-se muito mais nítidos quando pude tocá-los com as minhas mãos por meio de uma foto impressa.

E por falar em toque, quanta saudade me faz. Esse negócio de intensidade via touch realmente não me satisfaz, já que o olho no olho sempre foi a minha linguagem de amor mais eficaz.

Infelizmente, um dia precisei me separar do seu coração. Mas com total apoio, já que não é qualquer pessoa que consegue um intercâmbio fantástico como você conseguiu. Sinceridade? Todas as vezes que eu falava com você remotamente e sorria eram quando a saudade mais me batia.

Ver o nosso caderno de recordações sem novas fotos era assustador, mesmo sabendo que logo você estaria de volta. Os dias se passavam e eu sabia que não queria passar mais nenhum sem você.

É diferente quando a mais pura versão do amor decide fazer morada dentro da gente. Ficamos bobos e bregas, e tudo bem. Vivemos tão felizes que não nos preocupamos em dar satisfações para ninguém. Só nós dois importamos. Aqui e agora. Quero você comigo para ver o momento em que os restaurantes de que gostamos começarão a chamá-la de senhora. Será que os nossos netos vão guardar com carinho todas as recordações que temos dos nossos belos caminhos?

Sei que somos jovens demais para pensar em netos, mas comigo o plano é do começo ao fim. Imagino você aqui comigo, tomando chá na varanda em um domingo, fazendo mil planos para o futuro como se não tivéssemos mais tempo para isso.

Espero que seja assim, nós e nossa velha Polaroid, colecionando lembranças em loopings intermináveis de um amor que desejo — e aconselho — que cada pessoa do planeta um dia possa experimentar. É incrivelmente lindo poder recordar os momentos com alguém que não cansamos de amar.

LÁ FORA CHOVE,
MAS AQUI DENTRO
O MEU AMOR
TRANSBORDA VONTADE
DE AMAR VOCÊ
SEM POUPAR
INTENSIDADE.

CAPÍTULO 4

AMORES PARA FICAR BEM LONGE

SUFOCOU

Às vezes, tentamos segurar as mãos de alguém que enxerga esse gesto como um intenso sufoco. Essa pessoa pode até se entregar dentro de um quarto vazio, mas em público sempre nos oferece o pouco.

O grande equívoco da humanidade é achar que o amor deve ser entregue em um pequeno frasco de conta-gotas. E que, quanto menos se entrega, mais saudade dá. E, quanto mais saudade, mais amor.

Maldade é fazer da saudade uma aliada para o crescimento de um sentimento. A saudade é como um agrotóxico que, quando mal utilizada, em pouco tempo permite que floresçam desamores e falta de vontade.

Por falar em maldade, a minha tentativa de segurar aquele amor foi vista como uma atrocidade.

Muitas vezes, fiquei sem graça e ri para não chorar. Mas a cada lágrima engolida via o amor querendo escapar para o desamor fazer morada e ficar. E tudo se acabar.

Dói olhar nos olhos de alguém que era tudo e decidiu ser nada. Alguém que, conscientemente, se esforçou para ser mais uma página virada. E nessa somos obrigados a esquecer e a deixar para lá. Trocar as fotos dos porta-retratos e encher o dia com outros assuntos que não nos façam lembrar da rotina com quem só nos fez perder o brilho na retina.

Mas dizem que sempre fica tudo bem. E realmente ficou. Eu não poderia permanecer amarrado pelo mesmo nó a vida inteira, então decidi deixar o navio zarpar. E, com ele, o peso da âncora que estava em meu coração também se foi.

Você passa a se sentir mais leve quando não espera nada de ninguém. Mas o mais importante é que a leveza chega quando você chuta para longe toda a expectativa, antes mesmo de tropeçar nela e quebrar, mais uma vez, o seu coração.

Junte os cacos e volte à arena. O amor é sobre deixar a vida plena e serena, mas nunca sobre implorar pequenos gestos e atitudes que fazem a conexão valer a pena.

GRAÇAS A VOCÊ,
APRENDI TUDO
O QUE NÃO QUERO
EM UMA PESSOA.

INSISTÊNCIA DESENFREADA

Mais uma vez querem tirar a sua paz. Não admitem ouvir uma resposta negativa e querem sempre deixar as suas vontades para trás. Não entendem que você precisa do seu tempo e, mesmo com milhares de argumentos, nada disso fará com que você volte atrás e repense a sua resposta por um momento. Mas insistem, como quem não tem vergonha de se humilhar. E, quanto mais negativas recebem, mais decidem perturbar.

Vamos? Por favor! Vai ser legal. E aí? Vamos? Eu sei que você quer.

A falta de noção me assusta. Chego a pensar em qual foi o meu pecado para levar uma vida tão injusta? Aliás, não que a minha vida como um todo seja injusta, mas esse pequeno trecho dela me cansa. Quero leveza, mas só recebo pessoas que passam longe de conseguir essa proeza.

Imagino o quanto é difícil para algumas pessoas lidar com a rejeição, mas acredito que nem toda rejeição seja ruim, já que muitas delas nos mostram que não devemos nos diminuir para caber no peito apertado de outro alguém. Ou seja, por que eu ficaria triste com alguém que abriu o jogo e me dispensou? Segue o fluxo. A vida ainda não acabou.

Sei também que ainda existem pessoas — em extinção — com alguma boa intenção, mas essas nós percebemos nos pequenos sinais. Gentileza é diferente de insistência, logo, dificilmente uma boa pessoa fará com que você perca a paciência.

Pensam estar em algum tipo de jogo em que o prêmio é você. E acham que, assim como em um jogo, uma hora conseguirão levar o troféu para casa. Basta insistir e não desistir. Chatice. Continuar acenando para um navio que já sumiu no horizonte só pode ser maluquice.

Espero que você nunca se perca em meio às palavras de quem tanto insiste em lhe oferecer uma vida que não lhe condiz. E perceba que a insistência é desenfreada para tudo. Menos para fazer você feliz.

NORMALIZE NÃO TOMAR
A AUSÊNCIA DAS PESSOAS
COMO UMA GUERRA PESSOAL.
ÀS VEZES, PRECISAMOS APENAS
TIRAR UM TEMPO PARA
NÓS MESMOS.

QUANDO ESSAS FLORES MORREREM, EU VOU FAZER DE NOVO

Aqui estão as flores que comprei para compensar um vacilo que não teve preço. Aceite e me desculpe. Não farei de novo enquanto essas flores ainda estiverem vivas. Mas, depois, vou magoar e presentear você, novamente, à moda antiga.

Falando em moda antiga, sempre tento camuflar os meus problemas atrás desse mantra que hoje em dia já não faz tanto sentido. Controlo você e digo que aprendi assim. Maltrato você e digo que é preciso ter pulso firme, segundo o meu bisavô, que nasceu em 1925. Talvez eu nunca tenha entendido a importância da palavra "ceder", porque nunca me importei realmente se a iria perder.

Cuide das flores. Mas também cuide de mim. E você? Pode ficar para depois. O amor é sobre isso, não é? Fazer tudo por nós dois e não ter tempo para reclamar depois.

Gosto do olhar de alívio que você faz quando vou embora, pois ele tem a certeza de que eu vou voltar. Se um dia eu não voltar, quem é que vai de você cuidar?

Pois bem, às vezes, tenho algumas necessidades e espero que você entenda. Não problematize coisas que não entende. Estou aqui para te ensinar o que for preciso, mas não se meta muito em minha vida, pois quero ter a minha privacidade preservada. Mas posso orientar você em algumas coisas da sua vida, tudo bem? Pode confiar e se abrir comigo.

Escolhi esse lindo buquê que combina muito com você. Ele é lindo em minhas mãos, mas quando estou longe, talvez ele possa ir perdendo o brilho e ir murchando, assim como você. Mas eu volto. Não essa noite, tenho compromisso. Pois é, infelizmente não vai dar. Mas volto quando for conveniente. Enquanto isso, me espere ansiosamente.

Prometo a você: quando essas flores morrerem, vou vacilar mais uma vez. Mas não se preocupe com a minha estupidez, apenas aceite outras flores sem demonstrar nenhuma rispidez.

Eu te amo. E daqui para a frente, sempre farei o que for melhor para a gente. Pode acreditar. Afinal, em quem mais você poderia confiar?

SIM, VAI DOER.
E MUITAS VEZES
VAI FAZER VOCÊ PENSAR
QUE NUNCA IRÁ
FLORESCER NOVAMENTE,
MAS VAI.
VOCÊ VOLTARÁ MAIS FORTE,
VOANDO MAIS ALTO
E COM A MENTE BLINDADA
CONTRA OUTROS DESAMORES.
ACEITE O PROCESSO E ENTENDA
QUE ALGUMAS HISTÓRIAS TERMINAM
PARA QUE OUTRAS AINDA MAIS BONITAS
POSSAM COMEÇAR.

ENTENDA OS SINAIS

Muitos problemas dos amores modernos poderiam ser resolvidos apenas com duas atitudes: separar o sentimento do entendimento e prestar atenção aos sinais, antes de se pegar, mais uma vez, caindo em sofrimento por se entregar cedo demais.

Os sinais sempre estão lá. Às vezes, apenas ficam cobertos por nossa expectativa. Queremos mais. Somos intensos demais. Não que isso seja realmente um problema, mas, muitas vezes, aos olhos de uma pessoa mal-intencionada a nossa intensidade vira apenas uma piada.

Repare nos detalhes. Olhe nos olhos. Leia as entrelinhas dos argumentos. Entenda se é desculpa ou contratempo. E não deixe se levar apenas pelo coração para não fazerem de você um passatempo. Os sinais são nítidos, o problema é essa mania que temos de esperar um avião em uma estação de metrô.

Sempre nos oferecem tão pouco... e por que decidimos ficar? Esperança de mudança? Ou perseverança em reviver as migalhas de alguma boa lembrança? Nada disso vale a pena quando perdemos a paz de ter uma mente plena.

Não se cale quando o desconforto começar a gritar. Fale. Precisam escutar você. Não é frescura querer conversar sobre algo que fez o seu coração se abalar. E se dizem ser frescura, desculpe falar, mas aí não é o seu lugar. Ninguém merece ter os sentimentos silenciados enquanto o desamor começa a desabrochar. E dominar.

Sei que talvez você tenha passado por muitas coisas e não deseja mais se meter em confusão ou desgastes desnecessários, considerando que em outras oportunidades o desgaste já fez o seu coração ficar em pedaços e quase virar pó. Mas, vai por mim, antes estar só do que estar acompanhado e, mesmo assim, sentir-se só.

Só nós sabemos as dores que carregamos na bagagem da vida. Mas quero que você pare de pagar por todo o peso extra. A dor do aprendizado passado já é suficiente. Daqui para a frente, tudo precisa ser intensamente diferente.

Você precisa olhar ao seu redor e entender os sinais. Entenda que merece uma vida abundante em amor, não em crises existenciais.

ENTENDA OS SINAIS.
ALGUMAS ATITUDES,
OU A FALTA DELAS,
DEIXAM AS COISAS
MUITO CLARAS.

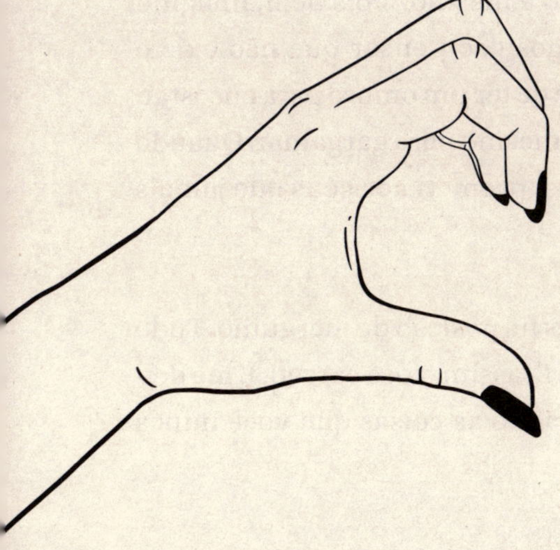

...

O AMOR NÃO ACABOU. NA VERDADE, ELE NEM COMEÇOU

Não consigo entender essa sua cara de luto. Você não perdeu ninguém. Aliás, nunca estive em suas mãos para que você me tivesse perdido. Ou essa é a cara que fazem quando percebem que acabou precocemente sem dar em nada o que facilmente poderia ter sido tudo? Ainda sigo em confusão, porque era você quem tanto falava que odiava fazer joguinho de ilusão com outro coração.

O arrependimento escorre pelos seus olhos e desce rasgando a pele, não é mesmo? Pois bem, imagino como deve ser desgostoso pensar que não existe mais a possibilidade de ter um ombro para encostar. Seja para chorar ou mesmo para gargalhar. Quando você me disse adeus, prometi aos céus que jamais iria retornar.

Eu estava com os pés na posição de mergulho. Tudo parecia correr bem. E, assim, você correu. E me deixou apenas imaginando as coisas que você nunca me prometeu.

O tempo me ensinou a não julgar o nível de imaturidade de ninguém, mas tem um porém. Quando percebo que as atitudes são pensadas, essa desculpa da falta de maturidade não me convém.

Siga sem olhar para trás, pois não estarei esperando você. Pode ir. Já passei por todo esse sofrimento, mas sem esse peso do seu arrependimento. Uma hora você me esquece e fica tudo bem. Aliás, não sei por que você foi se lembrar agora, considerando que preferiu abrir mão, como se eu fosse nada. Agora não adianta vir com essa tristeza estampada na cara, pois foi você quem ficou esquecido nos rascunhos de uma página virada.

E por falar em nada, isso foi o que sobrou dos sentimentos por você.

Mas já era previsível, não é mesmo? É impossível criar raízes em um lugar onde o nosso coração sequer foi regado com sentimentos de cuidado. E para mantê-lo pulsante, precisei seguir adiante.

Pode ir. Garanto que continuarei bem. E esse "amor" que você sente são apenas devaneios. Nada disso é real. Posso garantir: quanto mais cedo você se libertar dessa ilusão, mais rápido a sua vida voltará ao normal.

AMADURECI QUANDO ENTENDI
QUE O AMOR NÃO É PARA SEMPRE,
MAS, SIM, PARA ONDE EU PERMANEÇA
COM A MINHA PAZ MENTAL.

O PERSONAGEM

Lá vem ele virando a esquina vestindo o seu sorriso amarelo, atuando nos moldes de um personagem singelo e até convencendo os corações mais emocionados de que, ao seu lado, toda tristeza ficaria no passado.

Doce ilusão. Tudo o que ele diz é pura encenação. Textos decorados e péssima atuação. A dose imperfeita de cafonice e falta de noção.

Não aguento mais viver nesse circo dos horrores, onde esguicham mentiras em meu rosto por meio das flores. Mas, por mais que eu deixe bem claro que não quero me envolver, parece que ele quer mesmo pagar para ver.

Ele se aproxima e faz graça. Ginga para lá e para cá. E tira jogadas de apelo diretamente de algum livro de sedução escrito por alguém de ego inflado e mente calibrada no desespero. Nada faz sentido.

Ele bate a sua própria claquete, diz que a vida é um barato e que eu preciso aproveitar mais as oportunidades que ela nos oferece. Logo em seguida, tenta me colocar para baixo, pois esse é o truque que ele acha que faz algum sentido. Demonstra desinteresse para parecer interessante. Não sei quem inventou essa ideia delirante.

O meu coração está farto de assistir a essa série de vacilos protagonizada por esse tal personagem. Parece que, quando ele entra em cena, automaticamente estou perdendo a viagem.

Pode tentar me enganar ou até mesmo me impressionar, não vai colar. Já assisti a essa ladainha tantas vezes que agora a minha mente se protege. Mudo o meu canal mental e faço coisas para me distrair, sem dar brecha para quem propositalmente pintará um conto de fadas só para no fim me destruir.

Acho engraçado como ele consegue atuar tão bem, simulando situações reais mesmo com expectativas tão irreais. Simula amor, enche os olhos de água e até dá gargalhadas quando falo qualquer besteira. Quero ver até quando isso vai durar, já que ninguém consegue interpretar o mesmo personagem a vida inteira.

O AMOR E O INTERESSE
SÃO CONSTRUÇÕES DIÁRIAS.
E NÃO CONVENIÊNCIAS.

EU SEI O QUE É MELHOR PARA VOCÊ

Você pode trabalhar, estudar e até falar quatro línguas. E, na vida, pode até ser experiente o suficiente e reconhecida por ser esplendidamente independente. "Mas só eu sei o que é melhor para você."

Era isso o que eu ouvia em todas as vezes que tentava sugerir algo diferente para aquela mente tão pequena com a qual decidi me casar. E sempre aceitava e me calava, talvez para não me estressar.

E, quanto mais o tempo passava, mais eu me calava. E mais aceitava as escolhas de que sequer gostava. A minha ficha estava caindo: não era essa vida, e a companhia, com que eu sonhava.

Eu poderia trazer referências de qualquer canto do planeta, mas, para o alecrim dourado, aquilo só funcionava dentro da minha cabeça.

Parecia que eu estava sempre andando com uma coleira no pescoço, sendo puxada para trás todas as vezes em que tentava enxergar um pouco mais do mundo. Aquela não era eu. Aquela era apenas uma versão de um manequim montado com os pedaços que ainda sobraram de mim. E não eram nem tão originais assim. Toda a minha essência saltava para longe de mim com tanta rapidez como quem pega impulso em um trampolim.

Sem nunca me dar espaço, nunca pude florescer. Parecia que eu precisava sempre me encaixar dentro daquele vaso de ilusões, sendo regada com "o que era melhor para mim" com um conta-gotas de rebaixamento que parecia nunca ter fim.

Eu estava tentando me encaixar em um lugar onde eu não cabia. Aliás, nunca coube. Tive que me fazer em pedaços para me encaixar dentro daquele coração tão pequeno e sem graça. Tudo isso por achar que eu não merecia tanto. E, quanto mais eu crescia, mais fingia ser pouca coisa.

Sempre diziam lá fora que eu era incrível como uma galáxia. Mas todas as noites me faziam acreditar que eu era apenas como um eclipse que deixa a vida de todos no escuro quando se aproxima.

Resolvi abrir mão quando percebi que era mais seguro confiar em minhas escolhas do que em toda aquela mediocridade. Hoje, eu sei o que é melhor para mim. E jamais aceitarei viver na companhia de quem se acostumou com escolhas tão chinfrins.

NÃO FALAR SOBRE
O QUE SENTIMOS
É COMO REGAR
UMA ERVA DANINHA,
QUE IRÁ CRESCER TANTO
A PONTO DE ACABAR
COM TODA A VISÃO
DE QUE NÓS PRECISAMOS
PARA ENXERGAR O FUTURO
E TER UM DESLUMBRE
DE UM BELO FINAL FELIZ.

CARTA ABERTA AOS FORNECEDORES DE MIGALHAS

Não sei de qual boca de lobo vocês vieram, mas, desde que saíram, topo pelas ruas com milhares de corações que vocês destruíram. Vocês fingem se importar e até tentam cuidar, mas entregam tão pouco que confesso que fica difícil acreditar na boa intenção.

Cansei de receber promessas e migalhas de alguém que sequer consegue reconhecer a própria falha. Ficou tudo bem claro para mim quando decidi me entregar aos braços de alguém que nunca esteve muito a fim. Triste fim.

Aliás, fim? Como pode chegar ao fim o que nem começou? Se tivesse começado eu me recordaria de algum trecho da nossa história em que fui feliz. Mas apenas me lembro das noites de incerteza em que chorei, infeliz, ouvindo em looping os áudios de alguém que tanto se contradiz.

E chamar aquela história de "nossa" só pode ser uma verdadeira piada, considerando que não existe "nossa" quando apenas uma mente estava realmente apaixonada.

Não quero ficar aqui choramingando ou fazendo você me ouvir como um serviço de SAC (Serviço de Atendimento ao Consome-dor). Quero alertar o mundo para que mais ninguém passe por todo esse pavor.

Milhões de pessoas são contaminadas todos os dias por causa dessas atitudes de desamor, que vocês embalam em garrafas de sonhos com lindos rótulos de amor, mas o amor não é isso. Essa porcaria tem outro nome. E é justamente ela que faz com que percamos o nosso brilho para toda essa dor que nos consome.

Espero, de coração, que vocês nunca desejem pular de cabeça em um mar de sentimento e emoção e ver que, na realidade, caíram dentro de um poço profundo e sem um pingo de luz e consideração.

E apesar de achar que vocês merecem o troco, desejo apenas coisas boas e uma história de amor tão linda quanto um quadro barroco. Espero que, quando descobrirem as maravilhas do amor real, possam jogar no lixo essas toneladas de atitudes de quem é apenas uma pessoa infantil e artificial.

A VIDA ME MOSTROU
QUE NÃO POSSO CONTROLAR
O NÍVEL DE EMPATIA DE NINGUÉM.
AS PESSOAS SÃO O QUE
ELAS QUEREM SER,
INDEPENDENTEMENTE DO QUE
VOCÊ SEJA PARA ELAS.

CAPÍTULO 5

AMORES QUE DEIXEI ESCAPAR

NÃO ME DEIXEI PARA TRÁS

Consegui me salvar. Não acreditei que, depois de tanto pisar em mim, ainda queria me deixar para trás. Por sorte, acordei desse terrível pesadelo e decidi ir atrás de paz. E foi indo atrás da minha própria paz que eu não me deixei para trás.

O roteiro é sempre o mesmo: pensam que podem nos podar e continuam fazendo falsos discursos dizendo nos amar. Pura balela. Na primeira oportunidade, a falta de atitude o revela.

Dizem que sonham com o futuro, mas nos deixam no escuro. Pensam em tudo, inclusive na melhor forma de continuar nos enganando enquanto o nosso coração pensa estar seguro.

Fazem isso como forma de prazer, como se fosse um jogo, em que o prêmio é você. Nem parece que no começo era tudo tão diferente. Tento até hoje desvendar quando tudo se perdeu; talvez eu não tenha percebido o personagem fajuto que nunca entregou o que ofereceu.

Quando percebi que não existia luz no fim do poço que me diziam ser o meu castelo, precisei ser a minha própria força, impulso e luz. Mesmo sabendo que teria que lidar com a força da gravidade e da maldade, não me deixar para trás seria a vitória do bom coração contra todo tipo de toxicidade e insanidade.

Confesso que não é nada fácil. Acontecem vários deslizes e inseguranças que nos fazem ver o desamor com um gostinho de vingança, mas o melhor é seguir em frente. Aliás, seguir para o alto. Senti que precisava, finalmente, voar. E isso era muito mais importante do que me vingar. Porque a vingança faria apenas eu me rebaixar.

Hoje vivo em abstenção de quem não sabe cuidar de um coração. E desde que decidi sair da escuridão, o amor-próprio segurou bem firme em minha mão e me mostrou qual era a melhor direção. Está tudo bem agora. E ninguém vai apagar a minha luz como outrora.

A PAZ MENTAL COMEÇA
QUANDO TOMAMOS
A DECISÃO DE ROMPER
VÍNCULOS QUE ROMPEM
O NOSSO CORAÇÃO.

EU NÃO SOU "SÓ PRA CASAR"

Você tentou se enganar quando pensou que eu seria "só pra casar". Eu poderia facilmente te falar sobre física, química, história e sobre todo o reino vegetal, mas você preferiu criar uma fanfic antirracional na qual eu te serviria para sempre, como se você fosse um grande rei boçal.

Fazer tudo por você? Nem pagando. Aprendi sobre esse conto de terror apenas observando. E não adianta tentar me convencer e vir se explicando. Entenda: você não está no comando. Não que eu não me entregue, cuide e tenha um bom coração, mas, se a carga fica totalmente em minhas costas, é claro que vou dizer não.

Você pensa que é a minha obrigação. E eu penso que você é sem noção. Esses costumes da metade do século passado já faz tempo que foram ao chão.

Cozinhar, lavar, passar, cuidar e tantas outras coisas são tarefas básicas da boa convivência e sobrevivência. No Brasil, muitas pessoas aceitam fazer apenas isso, se privando de sonhos por pura obediência. E sabe onde isso impacta? Em nossa paz mental e no sucesso das músicas de sofrência.

Antes eu até pensava que poderia fazer brotar inteligência nessa cabecinha tão fraca. Mas, quando você me disse que eu poderia parar de trabalhar porque você trabalharia para me sustentar, percebi a loucura de relação em que fui me enfiar.

Coloquei em minha balança mental os motivos para ficar, mas via que, mesmo ficando e tentando, nada iria adiantar. E a nossa relação estava propensa a falhar.

Mas, só para ficar claro, sim, eu sou para casar. Mas não com quem só quer se encostar, pensando que pode explorar alguém que nunca quis se acorrentar em um falso amor que só quer atrasar a vida leve de quem se esforçou muito para chegar aonde muitas pessoas desistiram antes mesmo de tentar.

NÃO TE CULPO;
INFELIZMENTE,
VOCÊ NÃO SOUBE
O QUE FAZER COM TANTO.
UMA PENA QUE
TODO ESSE AMOR,
PARA VOCÊ,
VIROU PROBLEMA.

MIGALHAS? NÃO MAIS!

Imagine o seguinte cenário: você acorda bem cedo e faz mil coisas rotineiras; inclui até mesmo algumas tarefas que não são suas, tudo isso com o seu bom coração que nunca deixou de estar em prontidão. Você se cansa e, quando quer colher os frutos, nada feito. A sua fome de amor e reciprocidade não será alimentada sequer com um simples obrigado. Chato, né? Mas essa era a minha história.

Imagine viver anos da sua vida assim, fazendo muito e sem receber o mínimo para que o amor pudesse funcionar sem danos colaterais. Acredito que viver desse jeito não a satisfaça. Mas por que você aceita esse pouco, como eu aceitava? Passar horas reparando os sinais em todos, menos em você. E persistir fazendo muita burrada.

Confesso que não é fácil fazer a ficha cair, comigo também foi assim. Dei dezenas de chances para quem nunca me viu como um privilégio. E falar de mim como quem descobriu uma nova galáxia? Jamais, afinal um desamor nunca faz nada de mais.

Em muitas noites tentei assistir a algum filme de comédia para confortar o meu coração, mas era terrível me identificar apenas com ficção, terror e desilusão.

Eu estava sendo uma piada tão pesada que nem os filmes de comédia conseguiam retratar tamanho insulto. E era tanta bagunça que não parecia o coração de um adulto. Eu deixava entrarem e saírem quando bem queriam. E depois? Eu que lutasse para juntar os pedaços.

Mas uma hora a gente cansa. Confesso que pensei até em vingança, mas preferi acreditar que depois da tempestade viria a bonança. Quando a gente cansa, não quer fazer nenhum tipo de cobrança, quer mudança. E isso ninguém aceita, menosprezam os nossos sentimentos e chamam qualquer coisa de militância.

Quando a ficha cai, perdemos a esperança. E a aliança que tanto queríamos agora fazemos com a nossa própria paz mental. E não existirá mais ninguém no mundo que poderá nos fazer mal.

Aceitei o pouco das migalhas muitas vezes. Estava estampado na minha cara que aquilo era totalmente tóxico, mas eu não conseguia enxergar. O meu corpo e olhar triste até tentavam dar sinais, mas quem disse que iria adiantar? Finalmente, consegui me libertar. Um belo dia parei de chorar, acordei bem cedo e decidi me cuidar. Passei a me servir de um banquete de oportunidades todo santo dia. E se você quer saber se sinto falta do tempo da migalha, entenda que ninguém merece se entregar para essa batalha.

SABER ESCONDER
UMA DOR
NÃO SIGNIFICA
QUE NÃO DÓI.

EU NÃO SOU A SUA MÃE

Já começou estranho quando, no primeiro encontro, me pediu que adoçasse o seu suco. Depois desse vieram vários sinais, mas, na minha mente, fingi que fossem atitudes normais.

No fundo, eu sabia que ele queria transferir para mim o papel de mãe para acalmar birras desnecessárias. O que não consegui entender é como alguém com tanta idade não conseguiu aprender a viver e fazer, por conta própria, tudo acontecer?

No começo, achei que o problema era comigo. Não tive irmãos e perdi a minha mãe muito cedo, então, achei que fosse natural as pessoas precisarem de um cuidado materno. Mas toda aquela imaturidade tinha mais a ver com conflito interno.

Também nunca quis colocar as rédeas na vida de ninguém, definindo horário do banho, almoço e jantar. Sei que o amor é sobre cuidar, mas aquela necessidade de eu preparar o prato em toda refeição era uma atitude digna de estresse.

Todo o meu tempo era ocupado com coisas incríveis de um trabalho que ralei demais para conseguir.

Não tive pais influentes com o discurso de que "ele é bom, não precisa pagar para ver, pode contratar com o melhor salário que ele vai corresponder". Eu não queria ter que cuidar de um filho com mais idade do que eu, mas que aparentemente não tinha amadurecido.

Um dia, cansei de receber responsabilidades pífias que não eram minhas; foi quando o laço se desfez. Senti que precisava me livrar de qualquer tipo de aliança, já que nem no meu trabalho eu tinha tanto trabalho. E olha que eu ensino crianças.

Quanto mais vínculos eu cortava, mais ele se esperneava e me chantageava. E chorava dizendo que nunca levaria a vida que a mãe tanto sonhava. Eu já imaginava. E, quanto mais nadava para longe daquela tempestade mirim, mais eu recarregava as energias e percebia que aquela vida definitivamente não era para mim.

AS COISAS SE RESOLVEM
NA CONVERSA,
MAS CANSA FALAR
A MESMA COISA
NOVENTA E NOVE VEZES.

SEM MOTIVOS PARA VOLTAR

Cansei de esperar você e decidi partir. Para nunca mais voltar. Antes que me olhe com essa cara de piedade, reflita sobre o que fez em tantas oportunidades e tente me mostrar os motivos que eu teria para voltar.

Cansei de me enganar. Sei que você nunca vai mudar. E não adianta tentar me encantar com a sua lábia, que o final desse jogo eu sei bem qual é: assustador.

Sofri de insônia, estresse e preocupação. Por muitas vezes, quis mergulhar de cabeça em uma piscina de chá de camomila para não ficar implorando a sua atenção.

Dizem que uma hora a ficha cai, não é mesmo? Mas nem sempre é fácil; aliás, também não foi para mim. A razão podia até gritar tentando me alertar, mas quem disse que eu queria escutar? Parecia que eu tentava provar que ela estava errada, fazendo o meu coração de desentendido enquanto tudo ao meu redor desmoronava.

Às vezes, mesmo colocando todos os bons motivos na balança, a gente ainda sente o cheiro de toda a tonelada da má lembrança. Mas continuamos, como quem vive com o coração abundante em perseverança. Uma hora a nossa paz mental pede mudança. E, quando voltamos a olhar para a balança das mudanças, não temos mais esperanças.

Estou indo embora sem deixar um bilhete como justificativa. Hoje eu só preciso da minha própria autorização e não vejo alternativa. Tentei enxergar motivos que me fizessem ficar apenas para, talvez, voltar atrás com várias desculpas para me justificar. Basta, não dá mais. Acordei desse terrível sonho e decidi me cuidar. E quando você pensar que eu preciso de motivos para voltar, guarde-os para a próxima pessoa que você for tentar enganar.

As suas promessas de amor já passaram da data de vencimento. Estou indo sem nenhum arrependimento, pois já coloquei você no meu lixo mental do esquecimento.

O AMOR NÃO DÓI.
O QUE DÓI É TUDO AQUILO
QUE CONFUNDIMOS
COM O AMOR.

TE QUERO BEM, MAS BEM LONGE...

De coração, te desejo apenas coisas boas, sem nenhum porém, pois sempre estive contra o mal para te fazer o bem. Mas por favor... fique longe, pois perto eu perco toda a minha paz de monge.

Te quero bem. Com alguém que sinta a sua falta quando estiver ausente, ou melhor, que não precise sentir a falta como eu senti. E que você possa receber amor de um jeito que nunca recebi.

Você merece escrever uma nova história, abundante em descobertas e felicidade, mas que em nenhum momento você perca a sua dignidade quando alguma força do universo resolver te devolver toda a sua maldade.

Torço para você nunca torcer o nariz ao aceitar viver uma vida infeliz só para não ouvir o que o povo diz. No amor, você não é nenhum aprendiz, mas espero que ninguém espere muito de você naqueles tantos momentos em que você se contradiz.

Faço preces para que um dia você segure firme as mãos de quem ainda não desistiu de você. Você merece sentir o real amor, coisa que nunca percebi por aí. Você quis me colocar dentro de um jogo com o qual nunca consenti. Até que desisti e não competi.

Espero que a sua rotina seja branda e que nenhum outro coração caia na sua propaganda. Você me dizia que não te faltava demanda, mas, e agora, quem é que vai preparar o teu café na varanda?

Te quero bem. Com alguém que não apenas te convém, mas que também some positivamente com toda a carga negativa que te cerca. E desejo que você nunca abandone outro coração quando vir que a vida, uma hora ou outra, aperta.

CAPÍTULO 6

AMORES ATRAVÉS DO TEMPO

PAZ E MUITO AMOR (LADO A)

Cheguei a Nova York para iniciar um estágio de três meses em um escritório de advocacia. Eu ainda não sabia, mas estava prestes a viver cenas tão loucas e intensas como num filme de fantasia.

Era maio de 1969, e eu, um jovem de vinte e dois anos que nasceu e cresceu no Jardim Botânico, em Curitiba, me via caminhando e admirando a selva de pedras estadunidense.

Outra época. Outros tempos. Morei por três meses com Zion, um jovem hippie que tocava violão pelas ruas da cidade e, às vezes, até arrecadava uma grana para pagar a faculdade. A sua meta de vida era espalhar o amor por onde fosse e, cá entre nós, aquele cara era a personificação de bondade. Um coração tão grande e cheio de paz que nunca o vi pronunciar sequer uma palavra em tom de maldade.

Vida de escritório. Sem muitas aventuras. Nada era como nos filmes a que eu assistia. Aliás, seria legal se a NY dos anos 1960 fosse um grande filme do Clint Eastwood, com caubóis e xerifes. Mesmo eu querendo mil e uma aventuras para talvez desvendar algum mistério e receber o prêmio de "Jovem Advogado Latino & Estagiário do Ano", o clima de lá era muito mais gostoso.

Hippies e roqueiros contrastavam pelas calçadas. Se de um lado havia a galera com as calças boca de sino e camisa de seda, do outro estavam as jaquetas de couro e moicanos na cabeça. E em meio a tantos detalhes, eu. Cabelo com cachos castanhos e bigode, parecendo a versão jovem do Chico Buarque.

As semanas foram passando sem nenhuma novidade, até que chegou um caso fresquinho. Era uma reclamação da pequena e conservadora cidade de Wallkill, que se recusava a dar permissão para que acontecesse um festival de música por lá. Como faltava apenas um mês para o evento, disparamos cartas aos nossos maiores clientes com grandes posses de terra. Na semana seguinte, Max Yasgur, um fazendeiro da região da cidade de Bethel, respondeu dizendo que cederia suas terras para o festival.

Aliviados, começamos a trabalhar na liberação. E, quanto mais documentos eu lia e liberava, mais a minha mente pensava naquele tal festival que deixou tanta gente incomodada.

Como fui o estagiário responsável por falar com o Sr. Yasgur durante toda a negociação, ele começou a me enviar por fax várias novidades sobre o tal festival, perguntando se eu tinha interesse em ir. Em um dos pôsteres, estava estampada uma foto de Jimi Hendrix. Quando vi, entrei em êxtase instantâneo. Sempre tive o desejo de tocar guitarra igual a ele, mas, como ele era canhoto e eu, destro, nunca consegui. Bom, essa era a desculpinha que eu usava; a realidade é que aquele cara foi um grande gênio.

Lembro nitidamente daquela sexta-feira, dia quinze de agosto. Tudo já estava combinado, inclusive, arrumei companhia. Zion topou ir comigo e, o melhor, me dar uma carona. Fomos em sua Kombi, que era outro item hippie genial, decorada com um grande adesivo de flores com a palavra "peace" na lateral. A viagem, que era para durar cerca de duas horas, durou quatro.

Uma imensidão de pessoas tomou a cidade de Bethel. Eu não sabia a quantidade exata, já que estava em meio a um mar de gente, mas percebia que aquilo era uma coisa surreal. Não vi nada igual depois, nem em 1970, com o Brasil ganhando a Copa do Mundo no México. Conforme fui vendo notícias que saíam após o festival, entendi que eu tinha estado entre as mais de quinhentas mil pessoas presentes naquele local.

No segundo dia de festival, Zion precisou ir embora e eu tive que me virar em carreira solo. Assisti a vários shows incríveis, ora abraçado e ora pulando com pessoas desconhecidas que me tratavam feito um irmão. Vi o grande Carlos Santana tocando "Soul Sacrifice" com uma energia surreal. Aliás, toda a atmosfera do Woodstock era sem igual.

Quando a Janis Joplin subiu ao palco, fiquei bem emocionado. Na verdade, até hoje, cinquenta e três anos depois, não consigo descrever o meu sentimento. Parecia que eu seria surpreendido em algum momento.

E quando fico emocionado, também fico com muita fome. Quis comer, mas quem disse que eu podia? Aliás, eu podia comer, mas não podia pagar. Perdi a minha carteira em algum lugar que certamente seria impossível de encontrar. Mas, para a minha sorte, em meio à multidão, o amor sorriu em minha direção.

Ela segurava um pão com algum recheio desconhecido, mas que me brilhavam os olhos mesmo assim. Ofereceu um pedaço, aceitei e agradeci em inglês. Logo ela percebeu que eu não era dali. Ela falava inglês como ninguém. E eu, como ninguém deveria falar.

Dalila se apresentou dizendo que era de Salvador, Bahia. E quando falei o meu primeiro “bah”, ela percebeu que eu era da região Sul. “O meu nome é Roberto”, falei, cumprimentando-a com um abraço apertado. Os seus olhos brilhavam ao ver a Janis no palco e, para mim, o espetáculo a partir daquele momento passou a girar em torno de Dalila. Ela era gentil, mas sem querer nada em troca. Me deu água, comida e atenção. Era impossível não querer me entregar de corpo, alma e coração.

AGRADEÇA ÀS PESSOAS
QUE APARECERAM EM
UM DIA QUALQUER
E MUDARAM TODO
O SEU MUNDO
PARA SEMPRE.

PAZ E MUITO AMOR (LADO B)

Foi especial. Além do encontro ter acontecido espontaneamente, justo quando vi aquele cara atrapalhado procurando a carteira perdida em algum dos bolsos. Ele parecia diferente.

Roberto e eu dividimos o mesmo saco de dormir no fim daquele dia. E ele realmente era muito diferente, mantendo um respeito além do comum. Aliás, o comum era sempre alguém me desrespeitar e invadir o meu espaço, mas ele foi bem diferente desse tipo de cara palhaço.

O respeito acontecia naturalmente, tão naturalmente que até hoje nunca precisei pedir que ele me oferecesse isso. Antes de cair no sono, ficamos criando histórias olhando para as estrelas. Que companhia incrível eu havia encontrado, estava ansiosa para o terceiro dia de festival para passar o tempo com o Roberto curtindo ao meu lado.

Ele acordou ansioso, dizendo que aquele seria o melhor dia do festival, já que o Jimi Hendrix finalmente se apresentaria. Durante os shows, tivemos vários arrepios simultâneos, parecia que estávamos conectados na mais pura essência do planeta.

Não me lembro muito bem qual banda estava tocando, mas é impossível eu conseguir me esquecer do cheiro e do sorriso do Roberto enquanto ele me abraçava. E mesmo sem falar uma palavra, estava claro que ele não queria ser apenas um companheiro de show. Curtimos o dia inteiro, felizes e cada vez mais conectados um com o outro. Várias pessoas que nos viam elogiavam: lindo casal. E nós não fazíamos questão de desmentir. Na verdade, aquilo me fazia sorrir.

Vimos Hendrix tocar, e Roberto, que sempre foi mais durão, se deixou chorar. Essa foi a primeira vez que eu o vi chorando, as outras foram em nosso casamento e em alguns nascimentos. Mas essa é história para outro dia.

Tudo ali estava acabando, e nós? Pois bem. Fizemos uma promessa ao pôr do sol. Trocaríamos cartas sempre, até que eu voltasse para o Brasil. Apesar de o retorno de Roberto estar marcado para o mês seguinte, em setembro de 1969, eu havia acabado de chegar ao meu estágio em Arquitetura e Urbanismo, que duraria dois anos. E naquele tempo era tudo mais complicado. Mas faríamos dar certo, afinal prometemos isso em frente à maior estrela da galáxia.

Nós nos despedimos, trocamos endereços para as cartas e demos um longo abraço apertado de até logo, até um dia. Seguimos em direções opostas. Pela última vez na vida. Eu sabia que, algum dia, iríamos nos reencontrar. Na última olhada para trás, vi Roberto entrando em uma van colorida com o adesivo "peace"; talvez fosse a carona que ele me contou que o "havia abandonado". E contou sorrindo, já que foi por esse motivo que a gente se encontrou.

Segui a minha vida e o nosso plano. O esforço valeria a pena. Sabe quando sentimos o coração confirmando a intuição? Foi bem assim. E eu não mudaria nada que aconteceu na minha vida desde aquele dia até então.

MAIS IMPORTANTE DO QUE ESTAR
É QUERER PERMANECER.
O AMOR É UMA
CONSTRUÇÃO DIÁRIA
DE QUEM NUNCA PENSOU
NA POSSIBILIDADE
DE TE PERDER.

HIT THE ROAD

A minha rotina era normal. Para não dizer sem sal. A famosa corrida dos ratos, todo dia tudo sempre igual. O ponto alto semanal era receber as cartas que Dalila me enviava e sempre deixavam o meu dia surreal.

Aquilo que estávamos construindo era como um namoro à distância, como vocês jovens costumam falar. A diferença é que eu já sabia muito bem que era com Dalila que eu iria me casar. Parece que nós não podíamos perder tempo, pois era o nosso bem mais precioso. Lembro das cartas do Natal de 1969. Também das que recebi no meu aniversário de vinte e três anos, logo após o Brasil ser campeão da Copa de 1970.

Todas as lembranças ainda são nítidas demais, em nada comparáveis ao que vocês vivem hoje nos romances virtuais. Sabíamos que realmente valia a pena esperar alguém, considerando que a ideia era a do amor para toda a vida. E não apenas para o fim de semana.

Finalmente, 1971. E finalmente a carta que eu tanto esperava chegou. E nela dizia: "Meu amor, só eu sei quanto tempo você esperou, mas essa espera acabou. Me encontre em Salvador no dia 30 de julho. O meu voo chegará ao meio-dia. Não me mande outra carta, não estarei aqui. Apenas vá. Te espero. Te preciso. Te amo".

Em 1971, eu trabalhava em uma estatal em plena ditadura; pois é, chatice total. Eu gostava da liberdade, mas me via cercado de problemas e maldade. Foi também o ano em que comprei o meu velho Fusca vermelho, que na época ainda era novo. E era mais do que óbvio que eu iria dirigindo até Salvador.

Eram aproximadamente 2.400 quilômetros, mas, por mais que eu gostasse de avião, era a hora de colocar o meu possante vermelho para queimar aquele chão. Um avião pode ser mais rápido para chegar, mas o que eu queria mesmo era ter alguma história pra contar. Saí de Curitiba dois dias antes do dia combinado, chegaria a tempo e de quebra poderia planejar algo para fazermos por lá.

Não me lembro muito bem da viagem em si, só de um sentimento de contentamento antecipado pela ansiedade de ser feliz. E como fui feliz. E continuo sendo até hoje. Lembro que, quando cheguei a Salvador, fui abordado em uma esquina por um vendedor ambulante que me ofereceu ingressos para um show do Jorge Ben Jor. Nós amamos Jorge Ben! Era uma turnê do álbum *Força Bruta*, lançado no ano anterior.

Dalila pousou sem atraso e eu estava lá, roendo as unhas e sem acreditar que toda a nossa história tinha sido fruto de puro acaso. Parecia realmente coisa do destino, mas eu acreditava que era alguma coisa de química ou de puro magnetismo. Aquele foi o abraço mais memorável da minha vida inteira. E até hoje não conseguimos reproduzir nada igual, era um mix de saudades e início de um amor surreal. Nada poderia nos fazer mal.

Depois de muita conversa e saudade apaziguada, descansamos para irmos ao show mais tarde. Por lá, todo o estilo era de uma baladinha dançante. E eu era o rei da noite, já que estava acompanhado por uma verdadeira rainha.

Dalila deixou os cachos soltos e usou um vestido de renda, linda. Como sempre foi. E eu, mais uma vez, parecendo um sósia do Chico Buarque, com uma camisa de seda florida, bigode e calça boca de sino.

Dançamos a noite toda, como quem merecia viver eternamente na mais plena alegria. Quando fomos para a casa de Dalila, não conseguia me imaginar dentro de outra rotina. Estava decretado que eu não voltaria para o meu estado.

Em nossas vidas sempre precisaremos fazer escolhas. Ficar estático pode parecer a melhor decisão. Mas quem decide se acomodar sempre perde as melhores oportunidades e fica apenas com alguma medíocre segunda opção.

NÃO FOI QUESTÃO DE DISTÂNCIA,
E SIM DE VONTADE.
A DISTÂNCIA É IRRELEVANTE
QUANDO DOIS CORAÇÕES
SE ESFORÇAM O BASTANTE
PARA CONSTRUIR UMA
RELAÇÃO BRILHANTE.

ANOS INCRÍVEIS

Sempre tive muito medo de ficar sozinha, mas durante os dois anos em Nova York percebi que a solidão nem sempre estaria contra mim. E usei muito disso ao meu favor.

Aprendi a contemplar a minha própria companhia e a estar em paz com o meu coração. E de quebra estava conhecendo melhor alguém que eu sabia que estava ali para somar com a minha felicidade. E não é segredo algum que temos até hoje uma grande cumplicidade.

Fizemos tudo como manda o figurino. Aliás, nem tanto, já que não noivamos; fomos direto para os finalmentes. Não precisávamos amadurecer mais nada, então dispensamos o noivado e nos casamos na Catedral Basílica Primacial de São Salvador, no Pelourinho, no fim de 1971.

É engraçado que, conforme o tempo passa, algumas coisas ficam levemente esquecidas. Por exemplo, não me lembro de todos os convidados do casamento. Mas me lembro exatamente de todas as reações que tivemos quando descobrimos a minha gravidez, no Carnaval de 1972. Lembro dos foliões exalando toda aquela alegria já conhecida de outros carnavais. E nós, da varanda, chorando de alegria porque seríamos pais.

Tudo foi um mix intenso dos mais belos sentimentos, mas descobrir que teríamos gêmeos foi o mais marcante de toda a nossa história. Preparamos tudo com muito carinho; enquanto eu pintava o quarto, Roberto montava o bercinho. Ele tinha a mania de construir coisas e, apesar de advogado, sempre esteve envolvido com alguma forma de arte com o seu gosto pra lá de refinado.

Cássia e Caetano nasceram em setembro de 1972. Fomos pais apenas essa vez, ambos com vinte e cinco anos. E hoje, mais de cinquenta anos depois, se pudéssemos voltar no tempo, teríamos feito tudo de novo.

Conforme os anos foram se passando, percebíamos o quanto os dois eram diferentes. Enquanto Cássia lia várias enciclopédias que o Roberto colecionava e era ligada na área de exatas, tinha como passatempo favorito assistir a *Bambalalão*. Já Caetano nunca dedicou muito tempo para a televisão. O seu negócio era arte, música e, vez ou outra, brincava de esculpir algum pião.

E cresceram assim. Apesar do amor fraterno, raramente estavam juntos, já que eram de mundos diferentes. Durante a adolescência o ponto alto após o colégio era descansar assistindo a *Anos Incríveis*, uma série de 1988 que retratava o final dos anos 1960. Acho que por tanto falarmos das coisas "da nossa época", eles ficaram curiosos e criaram essa conexão com a série, que mostrava muito do que vivemos.

Parece que aquela série estava nos preparando para soltarmos as mãos de nossos filhos. As temporadas foram passando, e as crianças se transformando em belos adultos. Os vestibulares se aproximavam e, quanto mais Cássia estudava, mais Caetano criava. Ele não queria ir para o ensino padrão, já que ele tinha o seu próprio padrão para as coisas.

No início de 1991, maiores de idade, eles conquistaram de vez a tal da liberdade. Cássia foi aprovada em engenharia elétrica em uma universidade de São Paulo e estava de mudança para lá. E Caetano estava cada vez mais envolvido em seus projetos do ateliê.

Foram anos realmente incríveis, mas o melhor ainda estava por vir. Serei eternamente grata por todo o amadurecimento que os meus filhos me trouxeram.

E também por todas as vezes em que eles nos fizeram sorrir.

E, apesar das diferenças em suas práticas, ambos tinham um coração do tamanho de um planeta. Agora, preciso ir, pois as coisas boas da vida passam tão rápido como o tempo de uma pequena ampulheta.

É UM PRIVILÉGIO
VIVER COM ALGUÉM
E TER A CERTEZA
DE QUE NÃO PRECISAMOS
DE MAIS NINGUÉM.

SEMPRE FICA TUDO BEM

Nunca aprendi o que era o avesso do amor. Sempre tive a relação dos meus pais como meta de vida. Mas na vida nem tudo são flores.

Em 1991, me envolvi com várias pessoas. Sempre ligava para o meu irmão Caê, em Salvador, contando tudo o que vivia com intensidade. Mas nunca percebi que, quando ele me falava para pegar leve, era para ter um pouco mais de responsabilidade.

As pessoas mentem a fim de que você caia no jogo delas. E, para elas, só isso importa. Responsabilidade afetiva? Nunca ouviram falar. Aliás, nos anos 1990 era assim: se entregar sem raciocinar e ver o que vai dar.

Era incrível como eu sempre caía em ciladas. Só de ouvir um "você é linda, Cássia", já ficava apaixonada. Até que um dia conheci uma pessoa que prometeu me amar pela equivalência de dez amores. Pura balela. Tudo o que aprendi com ele foi o significado de desamor.

No natal de 1991 para 1992, passei mal na ceia e o meu irmão logo percebeu. Eu estava à espera de um filho cujo pai, até hoje, nunca o conheceu. Guardei o segredo por alguns meses. Por mais que tentasse falar com o meu ex, se é que posso chamá-lo assim, ele não estava nem aí para mim. Eu estava sozinha. Grávida durante a faculdade e sem saber nada sobre maternidade.

O meu irmão, sem papas na língua e preocupado demais, contou para os nossos pais cedo demais. Eles vieram rapidamente para São Paulo enquanto eu chorava desesperada. Quando chegaram, me abraçaram forte, apagando todo o calor do medo e da insegurança que estavam me incendiando por dentro.

Eu esperava um sermão, mas recebi muito amor e atenção. Papai dizia que não seria fácil, mas que tudo ficaria bem. Seria avô aos quarenta e cinco anos, ainda jovem, mas aquele cara era o meu maior espelho e exemplo de como se tratava uma mulher. Aliás, não só mulher. Homens, crianças, pedintes e até desconhecidos, meus pais eram incríveis nesse quesito.

Enquanto a minha mãe pedia para eu me acalmar, meu pai e meu irmão diziam que carinho nunca iria faltar. Que me ajudariam a criar o bebê com todo o amor que tinham para dar.

E assim foi. No mês seguinte, Caetano se mudou para São Paulo, e nós, mesmo com tantas diferenças, dividimos um apartamento sem nenhum problema. Ele estava ansioso querendo ser tio, pegar no colo e levar para passear. Comprou até lápis de cor para rabiscar as paredes para quando Lanna pudesse desenhar. Quando descobriu que era uma menina, ficou maravilhado. Apesar de termos a mesma idade, ele sempre pareceu um irmão mais velho, atento a mim e cheio de cuidado.

Lanna nasceu no dia 17 de setembro de 1992. E, assim que abriu os olhos, viu ali a sua jovem mãe solo rodeada de pessoas queridas que cuidariam de nós duas. E nunca, nunca precisamos implorar por amor, pois até hoje estamos cercadas por ele, independentemente de onde a gente for.

Com Caetano por aqui, tudo ficou mais fácil. Nós nos organizamos para cuidar de Lanna em horários alternados: enquanto um trabalhava, o outro estudava, criava e também cuidava da pequena. Com o tempo, fomos pegando jeito. E por falar em tempo, ele foi generoso comigo. Quanto mais ele passava, mais me via apaixonada por mim e pela minha profissão. Parece que realmente papai estava com a razão: todas as coisas ficariam bem. Continuei a faculdade e entrei direto para o mestrado. A minha ideia era ser professora universitária, já que amava tanto ensinar. E isso não era de hoje, sempre me reuni com meus amigos em Salvador para apresentar ideias e ensinar coisas que via na TV. Estava no sangue. E a vida só me mostrou que era esse o caminho que eu tinha que seguir.

Mesmo com o passar dos anos, o que nunca passou foi o apoio, que era realmente incondicional. E todas as lutas que travei foi para que nós tivéssemos um futuro sem igual.

Olhando para trás, vejo que tudo valeu a pena. E com todo o amor que recebi, percebi que o meu imprevisto não foi um problema. E toda a minha vida ficou mais iluminada com o sorriso da minha pequena.

ROMPI O MEU CORAÇÃO
POR CONTA PRÓPRIA
QUANDO INSISTI EM ALGUÉM
QUE EU NÃO PODERIA MUDAR.
E, MESMO SE MUDASSE,
DIFICILMENTE FLORESCERIA AMOR
EM ALGO PLANTADO
TÃO FORÇADAMENTE.

DO ANALÓGICO AO DIGITAL

Nunca soube o que houve com o meu pai ou os motivos dele para nunca querer me conhecer. Mas tudo bem. Quem perdeu não fui eu. Tive uma mulher incrível para me espelhar e dois homens para admirar. E, de quebra, uma avó com quem sempre poderia contar.

Lembro-me de crescer tendo apoio do meu tio Caê, que, pra mim, foi como um pai. Ficávamos a tarde toda assistindo à TV Cultura depois que ele me buscava na escola. *Castelo Rá-Tim-Bum*, *Cocoricó*, *X-Tudo* e até as reprises do *Mundo da Lua*. Mesmo sendo criança na época, sempre que tento falar sobre isso tudo fica muito nítido em minhas lembranças.

Cresci cheia de referências. Na música, ouvia todos os rocks de que os meus avós gostavam, mas também os discos de MPB do meu tio, misturado com o R&B e o indie da minha mãe. Nos hobbies, mil e uma coisas. Adorava construir objetos de madeira com o meu avô, mas também imaginar tudo isso em um ambiente decorado com a minha avó. Com meu tio, pintava quadros e fazia pequenas esculturas. E, com a minha mãe, experimentos que eu via em *O mundo de Beakman*.

Jogava vôlei, fazia natação e também mestrava RPG com os amigos do prédio. Definitivamente, durante toda a minha infância não tive tempo para contemplar o tédio.

Em 2006, no meu aniversário de catorze anos, vários amigos tinham câmeras digitais e diziam entre eles que a festa estava maravilhosa. E que as fotos iam para um tal de Orkut assim que chegassem em casa. Eu, que só tinha uma Polaroid dos anos 1960 que ganhei dos meus avós, vi que precisava acompanhar a juventude. Eles falavam de MSN, Orkut e de um tal de YouTube.

Perguntei ao meu tio, e ele era mais antigo do que um pergaminho. Então, liguei pro meu avô, que era todo moderninho, e ele me contou que fez tudo sozinho. Finalmente, consegui! Estavam todos por lá. Tinha várias comunidades; de cara entrei na "queria sorvete, mas era feijão", já que ficava maluca quando isso acontecia! Minha mãe sempre colocava o feijão nos potes de sorvete vazios.

Eu me lembro de tudo passando muito rápido. Parece que a internet acelerava em dez vezes o tempo normal de todas as coisas. Logo me vi dando o primeiro beijo e "me apaixonando". Nessa questão, meu tio era um paizão, sempre me ensinando que, para o que não fosse confortável, era sempre para eu dizer não. Mas estava tudo bem. Talles era um menino da vizinhança que sempre pegava no meu pé quando criança, enquanto todos diziam que iríamos nos casar um dia.

Meu tio me ensinou também sobre desamores e os seus males, dizendo sempre que eu acreditasse em atitudes e que, muitas vezes, era mais fácil estar só do que estar com alguém e me sentir só. Mas o que sempre carreguei em meu coração é que eu precisava do melhor cúmplice.

Em 2010, assim que completei dezoito anos, eu me sentia madura e com um olhar que transbordava empatia. Grande mentira. Por mais que soubesse muitas coisas na teoria, seria vivendo que de fato eu aprenderia.

Passei o último ano do colégio apaixonada por Talles. E tudo ali era recíproco, sem sinal do tal desamor sobre o qual me alertavam. Eu me apeguei, mas, dessa vez, não tinha nada que pudesse nos fazer mal. Só que 2011 chegou com a notícia de que ele estudaria fora, em Uberaba, Minas Gerais. Sem maturidade e o pensamento cheio de dificuldade, terminamos.

Nunca deixamos de nos falar e nos cuidar. Às vezes, tentava até encontrar alguém para namorar, mas o desinteresse presente no mundo me fazia desacreditar no amor real de que tanto ouvia a minha avó Dalila falar.

Em 2016, tive que me despedir do Talles que, após a faculdade, decidiu tirar um ano quase sabático. Enquanto eu me especializava, Talles trabalhava. E viajava. Nós ainda tínhamos toda aquela conexão, mas a conexão que eu gostaria de ver era ele dentro de um avião voltando para o Brasil, o que foi acontecer apenas em 2017.

Não sei se posso considerar que deixei um amor escapar, já que parecia que estávamos nos preparando para algo grandioso que iria chegar. E eu mal podia esperar para 2017 chegar e trazer para perto de mim aquele de quem eu nunca quis, por nenhum momento, me afastar.

TODAS AS COISAS
PODEM MUDAR
EM UM INSTANTE,
MAS O AMOR
DEVE PERMANECER
SEMPRE CONSTANTE.

ATRAVÉS DA JANELA

Nasci em Salvador, mas logo cedo vim para São Paulo. Estudei no mesmo colégio que Lanna a vida inteira, mas, do ensino fundamental até o fim do terceiro colegial, estudamos juntos. Durante boa parte da juventude, joguei basquete. E sempre que ia para os treinos, via Lanna através da janela. Todo santo dia. E sempre a admirava, mesmo quando novo, quando nem sabia bem o que isso significava. Ficava sorrindo como um bobo quando ela me via e me cumprimentava.

Quando voltei da Irlanda, tudo era bem incerto. Sem emprego e sem amor. Mas com muita vontade de não deixar mais nada para depois. Ao chegar, mandei uma mensagem para ela, que agora morava sozinha em um apartamento que ela mesma comprou, com muitas plantas e quadros que inacreditavelmente ela pintou.

Fizemos um jantar. Ela amava massas, então fizemos macarrão à carbonara. Imediatamente, me lembrei do carbonara da sua vó Dalila, que, quando vinha para São Paulo, sempre o fazia. Algumas vezes, dei a sorte de estar por lá, enquanto fazíamos algum trabalho da escola.

Ali, naquela mesa, tive toda a minha certeza. Eu me casaria com aquela mulher um dia. Mas, antes, precisávamos conversar. Não é porque gostamos de alguém que imediatamente podemos incluir essa pessoa em nossos planos de vida. Às vezes, alguns pontos podem ser falhos e tudo ir para o ralo.

Em 2017, tínhamos vinte e cinco anos, não era o mesmo olhar de dez anos antes, já que no passado era uma leve paixão, fase de descobrimento e pequenos momentos, coisa boba. Hoje, eu a admiro com todas as forças. Independente, inteligente, pensando sempre em fazer coisas que ajudem outras pessoas.

Tivemos nossos anos de amadurecimento para que decidíssemos dar um próximo passo. Noivamos no fim de 2019 e marcamos o casamento para agosto de 2020. Fizemos muitas escolhas em família.

Seu Roberto e Dona Dalila agora moravam em São Paulo. Aposentados, queriam ajudar a todo momento, sempre aparecendo no apartamento com alguma nova criação ou mesmo dica de decoração. Eles queriam que tocássemos na festa a playlist de Woodstock para roubarem a cena no casamento, como se já não o fizessem naturalmente, exalando tanto amor e cumplicidade.

Tio Caetano era mais reservado, mas todos estavam ansiosos para conhecer o seu novo namorado. Já Dona Cássia, minha sogra querida, encontrou o amor que ela tanto merecia, era um professor da mesma universidade em que ela lecionava, Mestre Paulo, da Geologia.

Além de nós dois, tudo ao redor estava florindo. Mas ninguém imaginava que uma pandemia global estaria vindo.

Distanciamento social, incertezas e uma vida sendo bombardeada diariamente com notícias que intensificavam a tristeza. Pela primeira vez, vi Lanna me olhar com tristeza. Enquanto perdíamos vizinhos, ídolos e amigos de trabalho, nossos corações ficavam cheios de ansiedade por nossos familiares, além de mais tantas pessoas inocentes com tanta vida a experimentar pela frente.

Nós já estávamos morando juntos havia dois anos. E tínhamos tudo: tratamento e convivência de um casal realmente casado. Achamos a maior furada o papo de "tratar ficante como ficante" ou "tratar namorado como namorado". Aqui, tratamos com respeito e amor, como dois incríveis aliados. Não precisávamos assinar nenhum contrato para mudar o tratamento, tudo já era incrível sem a necessidade de algum tipo de juramento.

Cancelamos a cerimônia de casamento por conta da falta de segurança, mas não deixamos de firmar a nossa aliança. Casamos fazendo uma transmissão on-line pelo YouTube, bem diferente do planejado. Mas ter a nossa família em segurança será sempre a nossa maior lembrança.

A MELHOR PORTA ABERTA
SERÃO SEMPRE OS BRAÇOS
DE QUEM ESTÁ DISPOSTO
A NAVEGAR COM VOCÊ
EM TEMPESTADES DE
QUALQUER INTENSIDADE
OU EM DIAS DE SOL
DE MUITA CLARIDADE.

CASA DOS AVÓS

Foram anos difíceis. Na verdade, nunca deixaram de ser. Parece que sempre temos algumas batalhas que precisamos enfrentar, umas maiores do que outras, é verdade. Mas lutar contra algo tão pequeno e invisível, pelo menos para a minha geração, foi praticamente impossível. E ainda não acabou. Apenas amenizou.

Dalila e eu nos sentimos de volta aos anos 1970, em que tudo era mais difícil. Graças à tecnologia atual, nós conseguimos maquiar a saudade e a tristeza nesses tempos de tantas incertezas.

Vimos a nossa neta se casar por meio de nossa TV. São tempos estranhos que eu não gostaria de pagar novamente para ver. Sentimos falta de reuniões e de abraços apertados, mas o pior de tudo era a sensação de talvez partir sem poder me despedir.

Hoje é o meu aniversário de setenta e cinco anos, mas comemoraremos também o aniversário de Dalila junto às nossas Bodas de Ouro, que também ficou no ano passado, em meio ao isolamento de 2021. Dessa vez, as crianças vêm para cá. Cássia e Paulo, Caetano e Nando, Lanna e Talles. Todos reunidos, finalmente.

Depois dos parabéns em dose dupla, brindamos em comemoração aos cinquenta anos do nosso casamento (que na verdade já eram cinquenta e um). Foi quando Lanna se aproximou com uma caixa de presente e, ao abrimos, descobrimos que seríamos bisavós, assim mesmo, de repente.

Lanna estava grávida de três meses e o sapatinho de bebê dentro da caixa anunciava a ampliação da nossa família. Enquanto Dalila chorava de alegria abraçada com Cássia, a nova vovó desse Brasil, eu ainda não sabia o que fazer. Foi quando saí na varanda gritando de felicidade.

Veio um filme na cabeça do jovem Roberto estagiário, ainda bem novo, mas que sonhava em constituir uma família linda. Ser pai, avô e o que mais a vida pudesse oferecer. E me ofereceu tantas maravilhas que nem posso imaginar.

Sempre desejei viver com amor, já que, quando real, é o melhor remédio para não sentirmos dor. E o meu maior pavor era viver sem ser um construtor. E não, não digo construtor de obras ou algo do tipo, e sim construtor de coisas boas. Tão boas que duram por gerações. E hoje, vendo tudo o que Dalila e eu conseguimos juntos, me sinto mais do que realizado.

Mulher incrível. Filhos magníficos. Genros espetaculares. Neta maravilhosa. Como não querer viver pela eternidade em uma vida tão gostosa?

Preciso projetar mais um bercinho para o meu bisneto. Ou bisneta. Não importa. O que importa é que o amor nunca me fechou as portas. Muitos falam sobre os benefícios de espalhar o amor, e eu concordo. No início, você pode não ver a movimentação ou até desacreditar, mas, pode confiar, ele está lá. E assim como uma árvore imensa, demora a brotar. Mas, quando brota, ainda precisa de cuidado. E quando cresce, você percebe que valeu todo o esforço e aprendizado.

Desejo o amor real para todas as pessoas boas do universo. Faça, sim, planos grandiosos tendo a certeza de que vai dar tudo certo. Você merece alguém incrível que nunca pensará em deixá-la escapar. E quando esse alguém chegar, pode apostar todas as fichas, pois garanto que você só tem a ganhar.

MUITOS AMORES PODERÃO
NOS ESCAPAR, ATÉ MESMO
QUANDO GOSTARÍAMOS QUE
ELES PUDESSEM FICAR.
MAS ESPERO DE CORAÇÃO
QUE VOCÊ NUNCA PERCA
NENHUM AMOR OU PAIXÃO
APENAS POR DEIXAR DE
DEMONSTRAR A SUA
MELHOR VERSÃO.

A VIDA NOS ENSINA
MUITAS COISAS,
MENOS COMO
VIVER SEM AMOR.

FELIPE ROCHA

Seu primeiro contato com a escrita foi por meio do exercício da empatia, criando textos para curar as dores e aliviar os sentimentos de outras pessoas. Em seu primeiro livro, *Todas as flores que não te enviei*, o autor escreve sobre diversos sentimentos, sendo eles positivos ou não. Já em *Nem todo amor tem um final feliz. E tá tudo bem.*, entendemos como os sentimentos são mutáveis e podem desaparecer. No terceiro livro, *Todas as dores de que me libertei. E sobrevivi.* Felipe separa o joio do trigo para libertar o que sufoca e intoxica nosso coração, apostando em pequenos textos que são tão certeiros quanto suas frases.

Siga o @tipobilhete nas redes sociais:

Primeira edição (junho/2022)
Papel de miolo Pólen Soft 70g
Tipografia Alice e Felipe Rocha
Gráfica Lis